INK INK INK INK INK INK
K INK INK INK INK INK IN
INK INK INK INK INK INK
K INK INK INK INK INK IN
INK INK INK INK INK INK
K INK INK INK INK INK IN
INK INK INK INK INK INK
K INK INK INK IN
INK INK INK
K INK INK INK INK INK IN
INK INK INK INK INK INK
K INK INK INK INK INK IN
INK INK INK INK INK INK
K INK INK INK INK INK IN
INK INK INK INK INK INK
K INK INK INK INK INK IN
INK INK INK INK INK INK
K INK INK INK INK INK IN
INK INK INK INK INK INK
K INK INK INK INK INK IN
INK INK INK INK INK INK
K INK INK INK INK INK IN
INK INK INK INK INK INK
K INK INK INK INK INK IN

K INK INK INK INK INK IN
INK INK INK INK INK INK
K INK INK INK INK INK IN
INK INK INK INK INK INK
K INK INK INK INK INK IN
INK INK INK INK INK INK
K INK INK INK INK INK IN
INK INK INK INK INK INK
K INK INK INK INK INK IN
INK INK INK INK INK INK
K INK INK INK INK INK IN
INK INK INK INK INK INK
K INK INK INK INK INK IN
INK INK INK INK INK INK
K INK INK INK INK INK IN
INK INK INK INK INK INK
K INK INK INK INK INK IN
INK INK INK INK INK INK
K INK INK INK INK INK IN
INK INK INK INK INK INK
K INK INK INK INK INK IN
INK INK INK INK INK INK
K INK INK INK INK INK IN
INK INK INK INK INK INK

NK INK INK INK INK INK I
INK INK INK INK INK IN
NK INK INK INK INK INK I
INK INK INK INK INK IN
NK INK INK INK INK INK I
INK INK INK INK INK IN
NK INK INK INK INK INK I
INK INK INK INK INK IN
NK INK INK INK INK INK I
INK INK INK INK INK IN
NK INK INK INK INK INK I
INK INK INK INK INK IN
NK INK INK INK INK INK I
INK INK INK INK INK IN
NK INK INK INK INK INK I
INK INK INK INK INK IN
NK INK INK INK INK INK I
INK INK INK INK INK IN
NK INK INK INK INK INK I
INK INK INK INK INK IN
NK INK INK INK INK INK I
INK INK INK INK INK IN
NK INK INK INK INK INK I
INK INK INK INK INK IN

INK INK INK INK INK
INK INK INK INK INK INK
INK INK INK INK INK
INK INK INK INK INK INK
INK INK INK INK INK
INK INK INK INK INK INK
INK INK INK INK INK
INK INK INK INK INK INK
INK INK INK INK INK
INK INK INK INK INK INK
INK INK INK INK INK
INK INK INK INK INK INK
INK INK INK INK INK
INK INK INK INK INK INK
INK INK INK INK INK
INK INK INK INK INK INK
INK INK INK INK INK
INK INK INK INK INK INK
INK INK INK INK INK
INK INK INK INK INK INK
INK INK INK INK INK
INK INK INK INK INK INK

中國歷代
02 爭議人物

狡詐權臣

王莽

張壽仁◎著

前言

「成者為王，敗者為寇」這句話，可以說是王莽一生的寫照。他謙恭下士時，幾乎人人讚美歌頌他的功德。然而一旦失敗後，法統派人士卻群起攻訐他僭篡漢室帝位；道統派人士則詆毀他有辱聖賢、虛偽狡詐。世間人情冷暖畢見。王莽如果地下有知，想必一定猛敲棺材板，大嘆「君子惡居下流」吧。

自桓譚、班固起，受封建思想的影響，人人無不視王莽為奸佞小人，王夫之甚且直斥為「國賊」。近代新史學發達之後，後人對於王莽的評價，始有新說，持論也較客觀。

評論一個歷史人物，最忌以愛恨論史，在「愛之欲其生，惡之欲其死」的兩極判斷下，往往不容易認清史實的眞相。其實，王莽不過是一個平凡的人。早年喪父，與母親相依為命，事母至孝，並厚待寡嫂，養育兄子，敬侍諸位伯、叔父，待人接物克己復禮，孤貧的童年把他磨練成一個心智早熟的孩子，而於艱困的環境中立志向上。

入仕以後，王莽深知為政之要在「公」與「清」，所以他嫉惡如仇，子弟若有濫用權力的，絕不稍假以顏色。所謂「勢不可盡倚」，有勢應常自恭，不可使盡，如此才能克盡全功。

王莽之所以能代漢而起，有人說是因爲他的祖先累積陰德，終得福報。但這總是無稽之談。例如政治立場忠於漢室的班固，就將王莽之代漢歸於「天時」，忽略或故意忽略王莽的才幹及民心的擁戴。然而我們都知道，光憑「天機」而無「人爲」的湊洽，王莽豈能一舉代漢成功？究其成功原因，一方面由於王莽身處儒風盛行的時代中，一言一行，完全符合儒家要求，個人特質無形中顯得特別突出。而儒家之天下非一姓所有的「禪讓」思想，更成爲王莽代漢的理論依據。尤其重要的是，王莽有一個處處幫助他的皇后姑媽，加上王氏既有的權勢。凡此種種，均有助於王莽的順利代漢。

王莽代漢後，以非常的魄力和非常的行動，亟思一掃政治、社會、經濟各方面的積弊。可惜由於歷史條件的限制，加上個人食古不化，終使突變式的改革功敗垂成。

王莽政權崩潰，全由於改革失敗；改革之所以失敗，則由於歷史條件的限制，以及個人的泥古思想。而他之所以泥古，則由於擺脫不了當時盛行的儒家思想之影響。儒家成就了王莽政權，卻也早爲王莽政權之崩潰預伏種因。歷史的弔詭變遷，一竟若此！

王莽改革雖然失敗，但是隱藏在改革背後悲天憫人的偉大心靈，卻不該被誣衊曲解——王莽改革失敗，這是事實；王莽爲一個崇高理想，不惜以身殉道，這也是事實！

目錄

【上篇】

王莽傳

一、孤貧的少年時代

家庭背景

王莽字巨君，生於漢元帝初元四年（西元前四五年），魏郡元城（河北大名）人，父王曼，母渠氏，妻王氏（宜春侯王咸女）。

王莽在《自本》中曾自述本系說：

> 黃帝姓姚氏，八世生虞舜。舜起媯汭，以媯為姓。至周武王封舜後媯滿於陳，是為胡公，十三世生完。完字敬仲，犇齊（齊桓公十四年，前六七二年），齊桓公以為卿，姓田氏。十一世，田和有齊國（周安王十一年，前三九一年），二世稱王（周安王二十三年，前三七九年），至王建為秦所滅（秦始皇二十六年，前二二一年）。項羽起，封建孫安為濟北王（楚王項籍元年，前二〇六年）。至漢興，安失國，齊人謂之「王家」，因以為氏。

據此，他們王家是戰國田齊王室的後代，其遠祖可追溯至黃帝軒轅氏。文、景之際，濟北王安的孫子王遂，徙居東平陵（屬濟南）。王遂的兒子王賀，字翁孺，曾在武帝朝任「繡衣御史」，巡視郡國，緝捕盜賊。翁孺宅心仁厚，寬以待人，曾因私放魏郡強盜堅盧等人及追剿不力，而遭連坐處分被免官。翁孺不但不因此灰心喪志，還深信「積善之家必有餘慶」的道理，曾慨嘆說：

「據說能造福千人的人，他的子孫會有封爵，我造福了成千上萬的百姓，後代一定會興隆吧！」

翁孺免官以後，又與同縣的終氏相處不來，於是舉家遷居魏郡元城委粟里，做了「鄉三老」的小官，掌理教化工作。魏郡人都感於他的德教。元城耆老建公就預言：

昔春秋沙麓崩，晉史卜之，曰：「陰為陽雄，土火相乘，故有沙麓崩。後六百四十五年，宜有聖女興。」其齊田乎！今王翁孺徙，正直其地，日月當之。元城郭東有五鹿之墟，即沙鹿地也。後八十年，當有貴女興天下。

根據陰陽五行的理論，陰，代表元后；陽，代表漢室。王氏是舜的後代，屬土；

而漢室屬火。火生土，因此王氏當興，而由元后始。又陰數八，八八六十四，土數五，因此可以享國祚六百四十五歲。春秋魯僖公十四年（前六四六年）乙亥，沙麓崩；漢哀帝元壽二年（前一年）庚申，哀帝崩，元后開始攝政。從沙麓崩到元后攝政，恰巧是六百四十五年。而翁孺徙居元城沙鹿之地，也剛好符合時辰。雖然這是陰陽家的穿鑿附會，其中也頗耐人尋味。

後來王翁孺生了一個兒子叫王禁，字稚君；王禁年輕時遊學長安，精研刑律，後來當了廷尉史。王禁為人志大才疏，不修廉隅，又好酒色，娶了多位傍妻；養有四女八男：長女君俠，次女政君（即元后，漢宣帝本始三年生），三女君力，么女君弟。八男依次是：鳳、曼、譚、崇、商、立、根、逢時。只有鳳、崇與元后政君同母。政君的母親是元配，魏郡李氏人家的女兒；因為無法忍受王禁的流連漁色，於是毅然離家出走，改嫁河內（今河南省黃河以北）苟賓為妻。

十侯五司馬

漢宣帝繼承武帝富庶強厚的基礎，在位二十五年，是漢帝國的鼎盛時期。內政上吏治醇美，歷代少見，既沒有文帝時的放任無為，也不像武帝時的嚴苛獨斷；儒法兼用，寬猛相濟，君權相權均衡，中央地方並重；加上名醫輩出，良吏在位，創造出一個彬彬為治的時代。元康時（前六五～前六二年），穀價每石五錢，可見當時富庶之一斑。對外而言，開疆拓土，漢威遠揚，四夷賓服來朝。內外發展達到開國以來的顛峰。

處此盛世，王禁一家愜意度日。韶光易逝，不覺間芳齡十八的政君，早已亭亭玉立。說媒提親的良家子弟，盈門不斷，誰知訂親後，一個個便突然莫名而死。其中還包括東平王。王禁心中疑惑，請人為政君卜卦，相士說：

「當大貴，不可言。」

王禁心裡暗自高興，因為元配李氏懷政君時，曾夢見月入懷中；政君長大後，婉順貞愨，有母儀樣，一切都和相士的話不謀而合。於是他便用心教導政君讀書寫字、鼓瑟彈琴。

五鳳四年（前五四年），王禁把政君送入掖庭當後宮家人子。一年後，皇太子奭（即元帝）寵幸的司馬良娣病逝。司馬良娣臨終前，死不瞑目地告訴太子說她是被諸娣妾詛咒死的。太子信以為眞，遷怒於諸娣妾，不准她們覲見。終日鬱鬱不樂。宣帝知道後，為了安撫太子，於是令皇后為太子挑選後宮家人子，以排遣憂悶。結果五人中選，政君也在裡面。有一天，太子向母后請安，皇后乘機把政君等五人喚出，請太子點選，並暗示在旁服侍的長御探詢太子心意。誰知太子對司馬良娣情有獨鍾，念念難忘。面對五名陌生女子，雖然興趣索然，卻又不好拂逆母后好意，只好勉強回答：

「隨便啦！」

當時政君座位剛好最靠近太子，又獨獨穿著紅色緄邊的大掖衣；長御以為太子中意了她，政君就這樣被送進太子宮。太子在面對新人，難忘故人的矛盾心情中，御幸了政君；政君雖驚喜交集，然而面對心不在焉的太子，卻萬般無奈。只得退一步想：

「何必跟一個死人吃醋呢？」

那一夜，是政君一生幸福的開始，因為他們因此有了一個愛的結晶——雖然他們的愛情是酸澀的。

說來奇怪，太子後宮娣妾十餘人，從沒有人懷過一胎半子，政君不但一御成孕，而且一舉得男。甘露三年（前五一年），嫡皇孫成帝誕生於甲館畫堂。宣帝含飴弄孫的情懷，終得如願以償，心中喜悅溢於言表，自為皇孫取名曰驁，字太孫；時常寸步不離地帶在身邊。老年得孫，真是人間一大樂事。

黃龍元年（前四九年）冬十二月，宣帝崩，太子奭即位，是為孝元帝。立政君為后，史稱元后，立太孫爲太子。並封后父王禁爲陽平侯，位特進，王禁的弟弟王弘則升任長樂衛尉。

永光二年（前四二年），王禁薨，謚頃侯，長子王鳳嗣侯，官衛尉侍中。王鳳是王家的柱石，所謂「國用重臣，家用長男」，沒有他，王家的歷史可能就要改寫了。而王氏的權勢，也是由王鳳開始的。

元后與元帝的結合，本來就沒有感情基礎，元后生太子後，就被冷落了。太子雅好經書，稟性寬博恭愼，無奈喜近酒色，元帝覺得他不成器。相形之下，定陶共王多才多藝，而其母傅昭儀又正得寵於元帝，元帝自然較喜歡定陶共王。廢太子，立定陶共王的念頭，無時無刻不盤旋於元帝腦海。元后、太子和王鳳憂心如焚，苦無良策。幸好元帝的近臣、駙馬都尉侍中史丹屏護太子，以死向元帝泣諫，元帝聞言動容，念在皇后素來謹愼，太子又是先帝生前所鍾愛的長孫，才打消了易儲的念頭。史丹一言安儲，對元后、太子和王鳳而言，眞是恩同再造，心中感激自然不在話下。後來太孫（成帝）一即位，便馬上擢升史丹爲長樂衛尉，繼遷右將軍，賜爵關內侯，食邑三百戶。不久又晉升左將軍，光祿大夫。並於鴻嘉元年（前二〇年）褒揚史丹，封爲武陽侯，戶千一百。薨後謚曰頃侯。

太孫慶幸登極之餘，尊母后爲皇太后，任用舅舅王鳳爲大司馬大將軍領尚書事，又封太后同母弟王崇爲安成侯，食邑萬戶。河平二年（前二七年），太后其他庶出的弟弟譚、商、立、根、逢時等五人，同日賜爵關內侯，號「五侯」。而所謂「王氏十侯」乃振陽平頃侯禁、禁子敬侯鳳、安成侯崇、平阿侯譚、成都侯商、紅陽侯立、曲陽侯根、高平侯逢時、安陽侯音、新都侯莽。一說王鳳襲嗣王禁爲侯，不當重數，如此則九侯；若加上元后姊君俠的兒子定陵侯淳于長，則又十侯。所謂「五大司馬」，是指王鳳、王音、王商、王根、王莽。漢朝外戚之盛，無出元后王氏。

王鳳任職的大司馬大將軍，是漢代的內相，在漢代政權運作上舉足輕重。這個官職之起，是由於漢武帝時，感於丞相職權過度擴張，頗有凌駕帝王之勢，於是另招近臣，成立內朝，用來削奪相權。這麼一來，丞相雖爲外朝的領袖，權責卻受內朝領袖大司馬大將軍的牽制。武帝巧妙地運用內朝官以壓抑外朝官，本以爲萬無一失，誰知內朝近臣攘奪相權之後，官位隆重，等到他自處於外朝相位，皇帝又感受其位高權重的壓力，於是又命一批近臣成立新的內朝以制衡外朝，如此循環不已。這是秦漢中央政制政權發展的重要模式。

及後漢光武帝時，分相權爲司徒、司空、太尉三公，僅允論道備員，虛位承轉而已，原丞相府事權全歸尙書台。凡內朝定案，完全由尙書台下達三公，於是尙書成爲內朝議論的總匯，因此內朝領袖大司馬大將軍皆兼領尙書事。名義上則仍由外朝領袖丞相領導群臣，襄贊萬機。大司馬大將軍既爲權臣，他與皇帝的關係，當然不同於一般臣子；這種職位，通常是以外戚出任的。而自武帝病篤遺命霍光爲大司馬大將軍輔政後，從此外戚便常以大司馬大將軍領尙書事干政。

被服儒生

王氏子弟屬卿大夫中者，遍布朝廷，王鳳總攬朝政，大小無不專權，成帝不過備位而已。例如光祿大夫劉向的兒子劉歆，通達有異材，成帝召見他誦讀詩賦，甚爲讚賞，想任爲中常侍，已經令人取衣冠，準備拜任了。陪侍在旁的臣子卻一致向成帝說：

「還沒向大將軍稟告呢！」

成帝說：

「這點小事，何必麻煩大將軍！」

臣子惶恐跪地力爭，成帝不得已，才將此事告知王鳳；王鳳以爲不可，成帝竟不敢再置一語，終於不了了之……外戚專權可見一斑。

成帝生活荒淫奢侈一如武帝；個性則優柔寡斷如元帝。王鳳控制成帝的辦法是：孤立成帝，不使賢者親近，如排斥守正不阿的前丞相樂昌侯王商（宣帝舅王武之子），又如定陶共王來朝，與成帝相處甚親，留侍左右；王鳳因爲前易儲的事，對定陶共王不無提防，就以「日蝕陰盛之象」爲辭，奏請成帝遣王就國。成帝迫於王鳳威勢，不得已請共王歸藩，兄弟相對涕泣而別。

成帝雖優柔有餘，然聰明才智絕非低劣，對於王鳳的專擅，看在眼裡，怨在心底。京兆尹王章向來剛直敢言，以爲王鳳不該遣共王就國，乃上書批評「王鳳專權蔽主，非忠臣」。王章這話，正中成帝下懷，希望藉此擺脫王鳳的陰影。侍中王音竊聽得知此事，立刻轉告王鳳。王鳳於是故作姿態，以退爲進，藉口生病告退，要還政中央。太后知道這件事後，竟然絕食抗議。一個是元舅，一個是母后，成帝左右爲難；又念及昔日元舅王鳳擁立之功。於是心中不忍，下詔慰留；並令尙書彈劾王章。王章瘐死獄中，妻子流徙合浦（廣東海康）。可憐王章竟成爲權力鬥爭下的犧牲品。

從此以後，公卿大臣看見王鳳無不極盡逢迎諂媚之能事。而王鳳並以御史大夫一職酬謝王音提供情報，王鳳專擅十一年，集團成員個個耽於權勢；王氏諸侯則窮奢極侈，無所不至。

正當王鳳於朝中呼風喚雨，王氏家族個個濫用權勢，奢靡浪費，恣情聲色之際，只有王莽因父親王曼早死，不及封侯，生活孤苦無依。然而艱困的環境，反而把他的心智磨練得更成熟。他事母至孝，厚待寡嫂，養育兄子一如己出，侍奉諸父禮義周備；且外貌英俊，恭儉好學。從沛縣（江蘇沛縣）學者陳參學禮，飽讀聖賢之書，穿著行爲絕類儒生，完全是一個道地的讀書人模樣。和那群紈袴堂兄弟一比較起來，簡直鶴立雞群，因此他很得姑母（元后）的歡心。

陽朔三年（前二二年）秋，大將軍王鳳病篤，王莽親侍湯藥，連著幾月衣不解帶，蓬頭垢面。俗話「久病床前無孝子」，而王莽只是王鳳的姪兒，卻能日夜安慰重疾在身的伯父。王鳳內心十分感激這個姪兒，臨終前極力向太后及成帝保薦王莽。太后往常便以弟王曼早死，王莽獨不受封而耿耿於懷。便先任莽爲黃門郎，再遷射聲校尉。王莽叔父成都侯王商上書，願分戶邑以封王莽。長樂少府戴崇、侍中金涉、胡騎校尉箕閎、上谷都尉陽並、中郎陳湯等當代名士，也都一致推崇王莽。於是永始元年（前一六年）封王莽爲新都侯，國南陽（河南南陽）新野之都鄉，戶千五百，又升遷爲騎都尉光祿大夫侍中。

二、仕途得意

出任大司馬

王莽自封爵新都侯以後，更加恭謹謙卑，虛心結交賢士大夫，賑施賓客，家無餘財，博得各階層人士的讚揚。

而自王鳳薨後，王氏政權移轉到王鳳堂弟王音的手中，王音尚稱忠謹，輔政八年而薨。王商代之而起，商死根繼。王根卻因年老多病，請求罷政就第；王氏集團接班人，依次該屬淳于長。適因長前戲侮長定宮成帝廢后許氏，罪至大逆，王莽揭發其姦，長下獄死。紅陽侯王立受淳于長賄賂，為長說情，被遣就國。

淳于長、王立既敗，王氏集團接班人虛懸，曲陽侯王根薦舉王莽以自代。成帝亦以莽忠直有節，遂以莽為大司馬。是歲，綏和元年（前八年），莽年僅三十八歲。莽繼承鳳、音、商、根四位伯叔父輔政，不但無絲毫驕色，反而更加愛惜羽毛，邀修令譽，克己不倦，禮聘賢良為掾史，食邑及所得賞賜盡用以接納賢士。平日生活則克勤克儉，遠不同於常人得志則驕的心理。這或許是由於王莽出身貧困，深知邀福不易，故特加珍惜吧！

罷政就國

王莽輔政年餘，成帝崩，哀帝即位，尊王太后爲太皇太后。哀帝祖母傅氏，史稱傅太后；母丁氏，史稱丁太后。傅太后原爲宣帝上官太后才人，元帝爲太子時得進幸；元帝即位後，立爲婕妤，甚得寵愛。生一男一女，女爲平都公主，男康即爲定陶共王。共王深有材藝，頗得元帝喜愛。乃更號昭儀。元帝崩，傅昭儀隨子往國，稱定陶太后。成帝無子，定陶太后賄賂趙皇后（趙飛燕）、趙昭儀（飛燕妹）及王根，而得立共王子欣爲太子。從此，定陶太后與趙皇后過從甚密。

根據春秋大義，爲人後者，不得顧私親，所以定陶太后及太子母丁姬，仍居定陶國邸，不能到京師太子家。後來，太皇太后由於太子自幼歸祖母傅氏撫養，特准定陶太后十日到太子家一次。丁姬以生而不養，故不准。及成帝崩，哀帝繼位後，高昌侯董宏上書言，應立丁姬爲帝太后，太師師丹劾阻之。後王太后下詔，追尊定陶共王爲定陶共皇；哀帝因是援引春秋「母以子貴」之理，尊定陶太后爲共皇太后，丁姬爲共皇后。年餘，又下詔，以漢家制度，推親親以顯尊尊，定陶共皇去定陶二字，直稱共皇，並尊共皇太后爲帝太太后，共皇后爲帝太后。後又尊帝太太后爲皇太太后，稱永信宮；帝太后稱中安宮，成帝母太皇太后本稱長信宮，成帝趙后爲皇太后，並四太后，各置少府、太僕，秩皆中二千石。

由以上尊號一事，足見傅太后對哀帝的索求無厭；哀帝礙於祖母撫育之恩，也無可奈何；傅太后則以哀帝爲政治鬥爭的資本。

王莽爲避哀帝外家，曾上辭呈，哀帝以王莽有時譽，加以慰留。哀帝母丁太后於建平元年（前六年），稱封號後兩個月內去世，對於宮廷之影響不大；趙太后出身卑微，也沒有政治野心；唯有傅太后，秉持宮廷威權，報復私怨，一面擅權宮禁，一面干預外朝。首先逼死元帝馮太后，並抑制太皇太后的勢力，直呼太皇太后爲「嫗」。又在未央宮設酒筵時，與太皇太后爭席次，先是內侍爲傅太后設座於太皇太后旁，王莽巡視後，以爲不當，說：

「定陶太后藩妾，豈得與至尊並座？」

令撤去，另設座位。傅太后大怒，不肯就座。前因上尊號事，王莽持反對意見，傅太后早懷忿在心；今又以「藩妾」見輕，積怨成仇，從此對王莽多方掣肘，每事爲難。王莽以爲時不我予，乃復乞骸骨，引退就國。

王莽於退隱期間，杜門自守，韜光養晦；而此次挫折，更使王莽靜心沈思，檢討既往，策畫未來。在此期間，其子獲殺奴，依漢律當抵罪。莽雖身爲權貴，但頗忌諱子弟之濫用權勢，因令獲自殺。其剛烈如此。

王莽在國三年，百官上書爲其呼冤，認爲不當遣莽就國，而應該讓他總攬朝政，造福百姓。元壽元年（前二年）日蝕，賢良周護、宋崇對策時，深頌莽功德。傅太后崩，阻力全去。哀帝於是徵莽還朝。

反撲政敵

王莽還朝年餘，哀帝崩，無子，而傅太后、丁太后皆已故去；太皇太后即日駕臨未央宮，收取璽綬，掌握局勢，遣使者馳召王莽；並下詔尚書，所有發兵符節，百官奏事，中黃門、期門兵皆由王莽節制。

王莽既再掌大司馬，首先尊禮三朝元老，亦是孔子後裔的當代名儒——孔光。任孔光婿甄邯爲侍中奉車都尉。又以劉歆典文章，平晏領機事。重用才能之士。朝中王舜、王邑、甄豐、甄邯、孫建等皆爲其得力幹部。王莽集團從此成爲王氏政權的主流。於是開始進行鞏固權力的整肅工作。

王莽出身外戚，深知其他外戚對自己的威脅，乃廢趙太后及哀帝傅皇后（傅太后從弟之女）。並廢哀帝之斷袖友伴高安侯董賢。丁、傅及董賢親屬皆免官爵，流徙遠方。又排斥可能不利於他的政治前途的叔父紅陽侯立。前將軍何武、後將軍公孫祿以不推舉莽爲大司馬，被免官。

進爵安漢公

哀帝無子，莽迎立年僅九歲的中山王衎，是爲孝平皇帝。太皇太后臨朝稱制，王莽秉政，掌握行政大權。平帝即位，益州（雲南晉寧）境外的蠻夷，自稱越裳氏，重譯來獻白雉，王莽以之獻祭宗廟；衆臣盛稱王莽功德，上奏太皇太后：

> 大司馬莽定策安宗廟，故大司馬霍光有安宗廟之功，益封三萬户，疇其爵邑，比蕭相國（蕭何），莽宜如光故事。

又謂：

莽功德致周成白雉之瑞，千載同符；聖王之法，臣有大功，則生有美號，故周公及身在而託號於周。莽有定國安漢家之大功，宜賜號曰安漢公，益户，疇爵邑，上應古制，下準行事，以順天心。

於是太皇太后如其事詔尚書，準備賜號事宜。然而王莽上書謙讓，表示決策者尚有孔光、王舜、甄豐、甄邯等，希望先賞賜他的幕僚群孔光等。甄邯因此請太后下詔說：

「無偏無黨，王道蕩蕩」。屬有親者，義不得阿。君有安宗廟之功，不可以骨肉故蔽隱不揚，君其勿辭。

莽又上書辭讓，稱病不起。太皇太后不得已適順王莽之意，先賞孔光等人。孔光等四人領賞後，群臣又上奏請加賞王莽。太皇太后於是下詔道：

大司馬新都侯莽三世為三公，典周公之職，建萬世策，功德為忠臣宗，化流海內，遠人慕義，越裳氏重譯獻白雉。其以召陵、新息二縣户二萬八千益封莽，復其後嗣，疇其爵邑，封功如蕭相國。以莽為太傅，幹四輔之事，號曰安漢公。以故蕭相國甲第為安漢公第，定著於令，傳之無窮。

王莽深知「謙受益，滿招損」的道理，只受太傅安漢公之虛號，所增封爵邑等實質利益則概不敢受，倡言「後天下之樂而樂」，要等全國百姓家給人足之後，才接受加賞。群臣又爭之，太后下詔暫依莽意，緩爲施行。

不久，大司徒、大司空上奏說全國百姓已家給人足，應賞賜王莽。王莽又謙讓不受，並建議先立諸侯王後，及高祖以來功臣子孫，或封侯，或賜爵關內侯食邑；然後恩及在位諸臣，各有第序。又上尊宗廟，增加禮樂，下惠士民鰥寡，恩澤之政無所不施。劉氏宗室、功臣子孫、在位諸臣、天下百姓無不歸心。

權侔人主

平帝即位，太皇太后以七十二歲高齡重執大權，不堪繫瑣的政治活動，早有厭政倦勤之意，乃詔令除封爵事須預知外，其他事悉由王莽及四輔議決。因而王莽權力之大與人主相當。

群衆是一切政權的基礎，沒有群衆支持的政權正如無棟梁的華屋一般，不堪一擊。王莽深知這一道理，故時刻留意百姓反應，與民衆站在同一陣線，以百姓之心爲心。

元始二年（西元二年）郡國發生旱蝗，青州尤其嚴重，百姓流離失所，王莽建議太后暫且穿著沒有紋彩的絲服，損膳儉樸以示天下；又上書表示願捐錢百萬，獻田三十頃，交給大司農統籌賑濟百姓。此事一經王莽倡導，公卿同僚皆紛紛起而仿效，捐錢的捐錢，獻田的獻田。之後，每逢水、旱災，莽輒素食，爲百姓齋戒祈福。

王莽又在長安建住屋二百所，供貧民居住。賜天下鰥寡孤獨以及老年人布帛，以示體恤。並制定法令，婦女非本身犯法，不受株連；男子年八十以上，七歲以下，非犯大逆不道，不得拘繫。這些在在證明王莽是一個人道主義者，他的解放奴婢，絕不是偶然爲之的。

此時的中國，在王莽領導下，海內昇平，國泰民安。莽又欲推己及人，以德服四夷。乃展開和平外交，遣使者齎黃金幣帛通使匈奴單于，單于感於王莽之德，遣王昭君之女須卜居次入侍太后。而黃支國也來獻犀牛示好。

王莽尊貴已極，然而其與皇室的微妙關係，惟繫於姑母王太后一人；但是太皇太后春秋已高，一旦有故，新的外戚勢將乘時崛起，這是王莽所不願意見到的。為鞏固既得權勢，且為女兒尋得美滿歸宿，王莽上奏道：

皇帝即位三年，長秋宮未建，掖廷媵未充。乃者，國家之難，本從亡嗣，配取不正，請考論五經，定取禮，正十二女之義，以廣繼嗣。

選女立后之事一經布告，競爭的人很多；王莽頗感慨於汲營者之多，忽萌退意，乃以自身無德，女兒不材，願意退出甄選。太皇太后也以為王氏為其外家，不方便參加甄選。

然而，庶民、諸生、官吏上書為安漢公請命的，每天千餘人，都認為安漢公盛勳堂堂，當立其女為天下母。王莽遣人向公卿及諸生解釋，請他們勿再上書請命。可是上書的人愈來愈多，太皇太后礙於群情，乃遣長樂少府、宗正、尚書到莽府行納采禮；並遣大司徒、大司空策告宗廟，雜加卜筮，得「康強」之占，「逢吉」之符。

王莽想以女兒匹配平帝為皇后的心願，總算達成了。此時大臣又奏：

古者天子封后父百里，尊而不臣，以重宗廟，孝之至也……請以新野田二萬五千六百頃益封莽，滿百里。

莽上書辭謝。又依漢故事，聘皇后黃金二萬斤，錢二萬萬；莽推誠辭讓，只受錢四千萬，而以其中三千三百萬，分給十一媵家。自己只收七百萬。群臣又以為皇后的聘禮與媵妾之間相差無幾，不合體制。乃又增錢二千三百萬，合為三千萬。莽又拿出千萬，分給其九族中之貧困者。莽實際所受，只二千萬。

王莽想讓他的女兒母儀天下，這是無可厚非的天下父母心。而其忽萌退意，不料反讓女兒順利當上皇后。命乎？緣乎？又王莽之施捨九族，絕非「好為高名」。這與疏骨肉而親硬辟，薄知友而厚犬馬；寧見貫朽千萬，而不忍貸人一錢；情知積粟腐倉，而不忍貸人一斗，骨肉怨望於家，細人謗讟於道者，不可同日語。所謂「大善由孝」，由親人始也。

禮讓為國

王莽事事謙退，頗得各界擁戴。大司徒司直陳崇與張竦（京兆尹張敞孫）相善。

竦乃博士，爲崇草奏，稱頌王莽十二件功德，《漢書・王莽傳》中娓娓詳載如下：

㈠安貧樂道，克己復禮。

竊見安漢公自初束脩，值世俗隆奢麗之時，蒙兩宮（按：成帝及太后）厚骨肉之寵，被諸父赫赫之光，財饒勢足，亡所牾意，然而折節行仁，克己履禮，拂世矯俗，確然特立；惡衣惡食，陋車駑馬，妃匹無二，閨門之內，孝友之德，眾莫不聞；清靜樂道，溫良下士，惠於故舊，篤於師友。孔子曰「未若貧而樂，富而好禮」，公之謂矣。

㈡剛直有節，不敢以私害公。

及為侍中，故定陵侯淳于長有大逆罪，公不敢私，建白誅討。周公誅管蔡，季子鴆叔牙，公之謂矣。

㈢不畏強梁，抑止傅太后僭越，以護國體。

孝哀即位，高昌侯董宏希指求美，造作二統，公手劾之，以定大綱。建白定陶太后不宜在乘輿幄坐，以明國體。詩曰「柔亦不茹，剛亦不吐，不侮鰥寡，不畏強圉」，公之謂矣。

㈣被讒就國，朝中無賢人，以致朝政崩壞。

深執謙退，推誠讓位。定陶太后欲立僭號，憚彼面刺幄坐之義，佞惑之雄，朱博之疇，懲此長、宏手劾之事，上下壹心，讒賊交亂，詭辟制度，遂成篡號；斥逐仁賢，誅殘戚屬，而公被胥（伍子胥）、原（屈原）之訴，遠去就國。朝政崩壞，綱紀廢弛，危亡之禍，不隧如髮。詩云「人之云亡，邦國殄顇」，公之謂矣。

㈤高瞻遠矚，誅除董賢等奸佞以安社稷。哀帝崩後，丁氏、傅氏、董賢欲稱遺詔，樹立黨親，共立幼主，以據國權。

當此之時，公運獨見之明……霍然四除，更為寧朝……《詩》云「惟師尚父，時惟鷹揚，亮彼武王」，孔子曰「敏則有功」，公之謂矣。

(六)知人善任。

故泗水相豐、㯳令邯，與大司徒光、車騎將軍舜建定社稷，奉節東迎，皆以功德受封益土，為國名臣。《書》曰「知人則哲」，公之謂也。

(七)禮讓爲國。

公卿咸嘆公德，同盛公勳，皆以周公為比，宜賜號安漢公，益封二縣，公皆不受。傳曰申包胥不受存楚之報，晏平仲不受輔齊之封，孔子曰「能以禮讓為國乎何有」，公之謂也。

(八)平帝立后，莽推誠辭讓。

將為皇帝定立妃后，有司上名，公女為首，公深辭讓，迫不得已然後受詔。父子之親天性自然，欲其榮貴甚於為身，皇后之尊侔於天子，當時之會千載希有，然而公惟國家之統，揖大福之恩，事事謙退，動而固辭。《書》曰「舜讓於德不嗣」，公之謂矣。

(九)以修德教化爲務。

自公受策，以至於今……日新其德……後儉隆約以矯世俗，割財損家以帥群下……僮奴衣布，馬不秣穀，食飲之用，不過凡庶。《詩》云「溫溫恭人，如集於木」，孔子曰「食無求飽，居無求安」，公之謂也。

(十)生活儉約，不蓄積，不奪民利。

克身自約，糴食逮給，物物印市，日闋亡儲。又上書歸孝哀皇帝所益封邑，入錢獻田，殫盡舊業，為眾倡始。於是大小鄉和，承風從化，外則王公列侯，內則帷幄侍御，翕然同時，各竭所有，或入金錢，或獻田畝，以振貧窮，收贍不足者。昔令尹子文朝不及夕，魯公儀子不茹園葵，公之謂矣。

(十一)劬勞國事，援引白衣。

開門延士，下及白屋，婁省朝政，綜管眾治，親見牧守以下，考跡雅素，審知白黑。《詩》云「夙夜匪懈，以事一人」，《易》曰「終日乾乾，夕惕若厲」，公之謂矣。

(十二)輔政安國，四海昇平。

比三世為三公，再奉送大行，秉冢宰職，填安國家，四海輻輳，靡不得所。《書》曰「納於大麓，列風雷雨不迷」，公之謂矣。

加號宰衡

安漢公憂勤國事，德比周公，陳崇建議應行周公之賞。太皇太后亦以爲然，正與群臣計議加封之事，適王宇、呂寬事起。莽長子宇勾結平帝母家衛氏，心圖不軌，莽執送獄，飲藥死。又窮治之，誅滅衛氏；敬武公主（元帝妹）、梁王立、紅陽侯王立、平阿侯仁皆自殺。王宇伏法，莽不無感慨深自痛悔。太皇太后下詔安慰，認爲王莽能行管、蔡之誅，不以親親害尊尊。王莽乃發憤作書八篇，以戒子孫。大司馬護軍褒建議頒布郡國，令學官教授，一如《孝經》。

元始四年（四年）四月丁未，莽女策立爲皇后，大赦天下。遣大司徒司直陳崇等八人分行天下，覽觀風俗，以爲施政參考。

太保王舜等上奏：

《春秋》列功德之義，太上有立德，其次有立功，其次有立言，唯至德大賢然後能之。其在人臣，則生有大賞，終為宗臣，殷之伊尹、周之周公是也。

又百姓上書者八千餘人，一致稱：

伊尹為阿衡，周公為太宰，周公享七子之封，有過上公之賞。宜如陳崇言。

太后令有司討論，有司奏請：

還前所益二縣及黃郵聚、新野田，采伊尹、周公稱號，加公為宰衡，位上公……三公言事，稱「敢言之」。群吏毋得與公同名。出從期門二十人，羽林三十人，前後大車十乘。賜公太夫人號曰功顯君，食邑二千户，黃金印赤韍。封公子男二人，安為褒新侯，臨為賞都侯。加后聘三千七百萬，合為一萬萬，以明大禮。

王莽稽首辭讓，願受母號及皇后之聘，而還安、臨印韍及號位戶邑。受母號，因可尊榮母親。納徵錢，乃以尊皇后，非爲己也。至於不受黃郵、召陵、新野之田，欲自損以成國化，太皇太后聽許之。還安、臨印韍及號位、戶邑，則不許。王莽又從所增加的聘錢中，拿出千萬贈與長樂長御（太后之長御）奉供養者。

王莽深知爲政之道，首重人才；自佩「宰衡太傅大司馬」印綬之後，便著手於學術工作，起明堂、辟雍、靈台，爲太學生築校舍萬區，頗有制度。又設立《樂經》，增加博士員額，每經各五人。徵天下通一藝教授十一人以上，歲有逸《禮》、古《書》、《毛詩》、《周官》、《爾雅》、天文、圖讖、鍾律、月令、兵法、史篇等書，且通知其意者，皆詣公車（公車司馬，衛尉屬官，掌吏民上書，四方貢獻，及徵辟人才報到事宜）。網羅全國才俊之士，至者前後千數，共聚京師，勘正乖謬，統一異說。王莽優遇讀書人，廣徵人才，爲學術作了一次總整理，其氣魄之大如此。難怪群臣上奏說：

昔周公奉繼體之嗣，據上公之尊，然猶七年制度乃定。夫明堂、辟雍，墮廢千載莫能興，今安漢公……四年於茲，功德爛然。宰衡位宜在諸侯王上，賜以束帛加璧，大國乘車、安車各一，驪馬二駟。

太后便令有司商議九錫之法。

五年（五年）正月，王莽首祭明堂，徵諸侯王二十八人，列侯百二十人，宗室子九百餘人助祭。禮畢，封宣帝曾孫信等三十六人為列侯，其餘皆益戶賜爵，金帛之賞各有數。王莽大封劉氏宗室，蓋深知「樹大招風」，故意加恩於宗室，以收劉氏之心，消弭他們內心的不平衡，以減少反動。

是時，吏民因為王莽不受新野田而上書者，前後有四十八萬七千五百七十二人。諸侯、王公、列侯、宗室都一致為王莽請命，希望早日加賞安漢公。王莽雖百般謙遜退讓，但公卿大夫、博士、議郎、列侯張純等九百零二人都說：

> 聖帝明王招賢勸能，德盛者位高，功大者賞厚。故宗臣有九命上公之尊，則有九錫登等之寵。今九族親睦，百姓既章，萬國和協，黎民時雍，聖瑞畢溱，太平已洽……忠臣茂功莫著於伊周，而宰衡配之……為九命之錫。

五月庚寅，太皇太后駕臨前殿，親自下詔九錫。於是王莽稽首再拜，受：

綠載袞冕衣裳，瑒琫瑒珌，句履，鸞路乘馬，龍旂九旒，皮弁素積，戎路乘馬，彤弓矢，盧弓矢，左建朱鉞，右建金戚，甲冑一具，秬鬯二卣，圭瓚二，九命青玉珪二，朱户納陛。署宗官、祝官、卜官、史官，虎賁三百人，家令丞各一人，宗、祝、卜、史官皆置嗇夫，佐安漢公。在中府外第，虎賁為門衛……自四輔、三公有事府第，皆用傳。以楚王邸為安漢公第，大繕治……祖禰廟及寢皆為朱户納陛。

又：

安漢公祠祖禰，出城門，城門校尉宜將騎士從。入有門衛，出有騎士，所以重國也。

前派風俗使者八人，考察天下風俗，回報說天下風俗齊同，郡國造歌謠，頌功德，共三萬字。又市無二價，官無獄訟，邑無盜賊，野無飢民，道不拾遺，男女異路有別，犯罪者只受象徵性的刑罰，一片太平景象。

對外方面，北化匈奴，東致海外，南懷黃支，西羌又來獻地，其豪種良願謂：

太皇太后聖明，安漢公至仁，天下太平，五穀成熟，或禾長丈餘，或一粟三米，或不種自生，或璽不蠶自成，甘露從天下，醴泉自地出，鳳凰來儀，神爵降集。從四歲以來，羌人無所疾苦，故思樂內屬。

王莽歸德於太后，並建議將良願等所獻地，規畫爲西海郡。

元始五年冬，平帝病篤，王莽仿照周公金縢故事，祝禱上蒼，願以身代，藏策金縢，置於前殿，令諸公不許說。十二月，平帝崩，大赦天下。天下吏六百石以上皆服喪三年。平帝爲元帝最後一支，平帝無子，世系斷絕。宣帝曾孫有五人，列侯四十八人，莽以爲「兄弟不得相爲後」，便選擇宣帝玄孫中年紀最小，得卜相最吉祥的廣戚侯子嬰爲繼，年僅二歲，稱爲孺子嬰。

王莽的居攝，是宗室泉陵侯劉慶所倡議的，他上書說：

周成王幼少，稱孺子，周公居攝。今帝富於春秋，宜令安漢公行天子事，如周公。

孺子嬰幼弱，王莽居攝已成不可免之勢，前有劉慶之倡議，後有符命之起。謝囂奏稱武功長孟通浚井，得一白石，上圓下方，上有「告安漢公莽爲皇帝」等字。符瑞之說不可信，乃奉承者所爲。然而歷朝遞始之際似乎總不缺乏符瑞之說，無符瑞則不足以明其爲天命眞主。符瑞是政權的裝飾品，雖不重要，但卻是必要的。而符瑞的反面常是「妖言」；蓋「成者祥瑞，敗者妖言」。「告安漢公莽爲皇帝」，不過是王莽的政治神話罷了；或許也可說是王莽的一種政治試探吧！

太皇太后雖已老耄，頭腦尙稱清楚，對於安漢公爲皇帝一事，期期以爲不可。然王莽之氣候已成，只得聽許王莽如周公故事：

居攝踐祚，服天子韍冕，背斧依於戶牖之間，南面朝群臣，聽政事。車服出入警蹕，民臣稱臣妾，皆如天子之制。郊祀天地，宗祀明堂，共祀宗廟，享祭群神，贊曰「假皇帝」，民臣謂之「攝皇帝」，自稱曰「予」。平決朝事，常以皇帝之詔稱「制」……朝見太皇太后、帝皇后，皆復臣節。自施政教於其宮家國采，如諸侯禮儀故事。

攝。

又以武功縣（陝西郿縣）爲安漢公采地，名曰漢光邑。次年（六年），改元曰居

三、新聖將興，符瑞畢集

劉崇之亂

王莽居攝，其位等同人主。隆貴之勢，頓令劉氏宗室憂疑；居攝元年（六年）四月，景帝子長沙定王系的安衆侯劉崇與其相張紹謀議說：

安漢公莽專制朝政，必危劉氏。天下非之者，乃莫敢先舉，此宗室恥也。吾帥宗族為先，海內必和。

於是率領張紹等百餘人，進攻宛城（河南南陽）。此次叛變，幾天便被平定。張紹堂弟張竦，與劉崇的族父劉嘉一起投降，上奏稱頌王莽繼漢絕統，存亡續廢，功在漢室，而痛責劉崇：

獨懷悖惑之心，操叛逆之慮，興兵動眾，欲危宗廟，惡不忍聞，罪不容誅，誠臣子之仇，宗室之讎，國家之賊，天下之害也。

王莽不計前嫌，仍封劉嘉為帥禮侯，嘉子七人皆賜爵封侯；封張竦為淑德侯。王莽又封南陽吏民有功者百餘人，並毀劉崇室宅為蓄水池。其後謀反者，皆毀其室為池如古制。劉崇不自量力，僥倖一時，終於敗死，徒使生靈塗炭，而劉嘉、張竦之輩，反覆逢迎，亦無恥之徒。當時長安流行一歌謠說：

欲求封，過張伯松（竦字）；力戰鬥，不如巧為奏。

劉崇這次不成氣候的叛變，給王莽政府一個絕大的刺激，擁王派大臣認為劉崇等會謀叛，是王莽位輕權薄的象徵，應加重權責以鎮海內。於是太皇太后下詔，令王莽以後朝見太皇太后稱「假皇帝」。在此之前，王莽朝見太皇太后、帝皇后，皆須以臣禮見，今稱「假皇帝」，與眞皇帝就只差那麼一點而已了。

十二月，群臣奏請擴增安漢公宮室及家吏，置率更令，廟、廄、廚長丞，中庶子，虎賁以下百餘人，又置衛士三百人。稱安漢公廬爲「攝省」，府爲「攝殿」，第爲「攝宮」。

王莽的勢力雖已如日中天，但卻仍不忘提攜爲他抬轎的人，時時上奏爲黨羽求封賞，以籠絡鞏固人心。

翟義之亂

劉崇之亂，王莽政府只牛刀小試即予以平定，然而居攝二年（七年）九月的東郡太守翟義之亂，卻讓王莽飽嘗寢食難安之苦。

翟義，字文仲，汝南上蔡（河南上蔡）人，丞相翟方進之少子。翟方進家世微賤，十二、三歲時，父親便去世，於是負笈京師。繼母不忍心他年紀這麼小就離鄉背井，因此陪他到長安，每天爲人織鞋供他讀書，同時就近照顧。方進專攻《春秋》，受《穀梁傳》，旁研《左氏傳》及天文星曆。十年後，以射策甲科爲郎；二十三歲舉明經，遷升議郎。成帝河平年間（前二八～前二五年），轉爲博士，數年後外放爲朔方刺史，甚有威名。從此宦海浮沈，耽於政治鬥爭，而結怨不少。後爲丞相，封高陵侯，食邑千戶。此時繼母尚在，方進內行修飾，供養甚篤，以回報繼母撫育之恩。

翟方進爲相公忠廉潔，從不爲私事向地方郡國關說，而持法深刻，舉奏牧守九卿，峻文深詆，中傷者尤多。如陳咸、朱博、蕭育、逢信、孫閎等人，皆京師世家，以才能少歷牧守列卿，知名當世。方進特立後起，十餘年間至宰相，又據法彈劾咸等；他智能有餘，兼通文法吏事，以儒雅緣飾法律，號爲「通明相」；成帝甚器重他，每次奏事都深合帝意。他可說是一個善於揣摩人主企圖的官場老手。

定陵侯淳于長用事時，翟方進與他過從甚密。及淳于長戲侮長定宮事發被誅，一些素與之交好的人，都被牽連免官。獨方進因成帝器重他，爲他隱諱，才得幸免。但是方進內心自慚，上疏謝罪請求處分，成帝仍加以曲護慰留；方進便起而視事，並揭發平日跟淳于長走得較近的京兆尹孫寶、右扶風蕭育，以及刺史二千石以上，一共二十餘人被免官。

翟方進爲相九年，綏和二年（前七年）春，熒惑守心，是帝王將崩之象。星曆家李尋爲方進分析說：

（閣下）上無惻怛濟世之功，下無推讓避賢之效，欲當大位，為具臣以全身，難矣！

方進對天文星曆也頗有心得，聽了李尋的話，內心憂悶，不知所措。而朝廷爲應天變，塞災異，乃以方進輔政不力賜死，但是仍然無法換回成帝一條命，成帝亦崩於是年三月。

翟方進身爲儒宗，致位宰相，惟以身試權姦之好惡，終於不能明哲保身。翟方進的死，純爲中國古代政治迷信下的犧牲品，翟義卻懷疑其父之死與當時掌握實權的內朝領袖王莽有關，心中不無遺憾，常思報仇。

翟義年輕時，因爲父親的庇蔭任爲郎，後遷諸曹，年二十出任南陽都尉，威震南陽。歷任弘農太守、河內太守、青州牧、東郡太守，頗有乃父之風。元始五年（五年），平帝崩，孺子嬰立，王莽居攝，翟義深惡痛絕，於是煽誘其甥陳豐說：

新都侯攝天子位，號令天下，故擇宗室幼稚者以為孺子，依託周公輔成王之義，且以觀望，必代漢家，其漸可見。方今宗室衰弱，外無彊藩，天下傾首服從，無能亢扞國難。吾幸得備宰相子，身守大郡，父子受漢厚恩，義當為國討賊，以安社稷。欲舉兵西誅不當攝者，選宗室子孫輔而立之。設令時命不成，死國埋名，猶可以不慚於先帝。今欲發之，乃肯從我乎？

豐年十八，血氣躁盛，聽完舅舅義正辭嚴的訓誨後，熱血沸騰，慷慨許諾。

翟義於是與東郡都尉劉宇、嚴鄉侯劉信、信弟武平侯劉璜結謀。利用九月都試郡卒的機會，斬觀（畔觀，山東聊城）令，脅勒其車騎材官士，招募郡中勇士，部署將帥，舉兵討莽。嚴鄉侯劉信是宣帝系東平煬王雲之子，哀帝建平三年（前四年），雲死後，子開明（信兄）嗣爲王，開明薨，無子；信子匡繼嗣爲王，故翟義舉兵兼併東平國（山東東平），立信爲天子，自號大司馬柱天大將軍，並以東平王傅蘇隆爲丞相，中尉皋丹爲御史大夫，發布檄文於各郡國，詐言王莽鴆殺孝平皇帝，矯攝尊號，欲絕漢室，今天子已立，恭行天罰。兵至山陽（山東金鄉），聚衆十餘萬。

而翟義兵起後，郡國震恐，一方面懷疑王莽的爲人，一方面也疑心翟義的動機。王莽的對策是，一方面遣諫大夫桓譚頒布天下，告諭百姓，攝位乃權宜之計，將來必還政於孺子，希望百姓善體安漢公的公忠體國，不要爲翟義所煽惑。另一方面則採取軍事行動，拜輕車將軍成武侯孫建爲奮武將軍，光祿勳成都侯王邑爲虎牙將軍，明義侯王駿爲強弩將軍，春王城門校尉王況爲震威將軍，宗伯忠孝侯劉宏爲奮衝將軍，中少府建威侯王昌爲中堅將軍，中郎將震羌侯竇況爲奮威將軍，七人爲第一線主力，讓他們自擇校尉軍吏，率領關東甲卒，徵發奔命以擊翟義。

此外，又以太僕武讓爲積弩將軍屯於函谷關（河南鐵門縣），將作大匠蒙鄉侯逯並爲橫壄將軍屯武關（陝西商縣），羲和紅休侯劉歆爲揚武將軍駐屯於宛，太保後丞丞陽侯甄邯爲大將軍屯霸上（陝西長安縣東），爲第二線戰略策應，以支援第一線作戰，並保護京師。王莽自己則居京師爲總指揮，而以常鄉侯王惲爲車騎將軍屯平樂館，騎都尉王晏爲建威將軍屯城北，城門校尉趙恢爲城門將軍，皆勒兵自備。

不料，王莽卻百密一疏。關中槐里男子趙明、霍鴻等，以爲「諸將精兵悉東，京師空，可攻長安」。便起兵與翟義相呼應，自稱將軍，攻燒官寺，殺右輔（右扶風）都尉及黎（陝西武功）令，劫掠吏民，聚衆十餘萬。王莽大驚，立刻派遣將軍王奇、王級率領軍隊阻擋，並命大將軍甄邯，率領天下兵士，左杖節，右把鉞，屯居城外。王舜、甄豐則晝夜巡行殿中。

此時翟義、趙明東西夾攻，王莽腹背受敵，不免憂心忡忡。一日抱孺子嬰告訴群臣說：

「往昔成王年幼，周公攝政，而管蔡挾祿父反叛，今翟義亦挾劉信而作亂。自古大聖猶懼此，況臣莽斗筲！」

群臣一致回答說：

「不遭此變，不顯聖德。」

於是依周書作大誥禱於郊廟。

諸將東至陳留（河南陳留），在菑地與翟義會戰，大破翟義，斬劉璜首級。王莽大喜，下詔數逆賊之罪謂：

翟義、劉信等謀反大逆，流言惑眾，欲以篡位，賊害我孺子，罪深於管蔡，惡甚於禽獸。信父故東平王雲，不孝不謹，親毒殺其父思王，名曰鉅鼠，後雲竟坐大逆誅死。義父故丞相方進，險詖陰賊，兄宣靜言令色，外巧內嫉，所殺鄉邑汝南者數十人。今積惡二家，迷惑相得，此時命當殄天所滅也。義始發兵，上書言宇、信等與東平相輔謀反，執捕械繫，欲以威民，先自相被以反逆大惡，轉相捕械，此其破殄之明證也。

隨即大赦天下，封車騎都尉孫賢等五十五人皆為列侯。遣使者持黃金印、乘朱輪車，即軍中拜授。

王莽賞罰明快，士氣大振。十二月，王邑等破翟義於圉城，義與劉信狼狽而逃。

義逃至固始（河南淮陽）界被捕，尸磔陳都；劉信則不知去向。

居攝三年（初始元年，西元八年），虎牙將軍王邑等才還京師，隨即又引兵西進，殄滅趙明等，諸縣悉平，凱旋還師。王莽於未央宮白虎殿大開慶功宴，勞賜將帥。前此塞外羌反叛，州郡擊破有功者一併獎賞，詔陳崇治校軍功，評其等第高下。封侯伯子男者，共有三百九十五人。他們的功績是：

奮怒東指西擊，羌寇蠻盜，反虜逆賊，不得旋踵，應時殄滅，天下咸服。

群臣亦奏請太皇太后依據春秋「善善及子孫」、「賢者之後，宜有土地」之義，封賞王莽。太皇太后遂下詔：

進攝皇帝子褒新侯安為新舉公，賞都侯臨為褒新公，封光（莽兄子）為衍公侯……封宗（莽孫）為新都侯。

翟義之亂，非但未使王莽政府崩潰，反而使王莽政府更加鞏固，並加速王莽之登上大位。王莽既滅翟義，自認爲德威日盛，頗得天人之助；登上大位，實在是時勢所趨。

九月，莽母功顯君去世，少阿、羲和劉歆與博士諸儒七十八人都認爲：

> 今功顯君薨，《禮》「庶子為後，為其母緦」。傳曰「與尊者為體，不敢服其私親也」。攝皇帝以聖德承皇天之命，受太后之詔，居攝踐祚，奉漢大宗之後，上有天地社稷之重，下有元元萬機之憂，不得顧其私親。故太皇太后建厥元孫，俾侯新都，為哀侯後。明攝皇帝與尊者為體，承宗廟之祭，奉共養太皇太后，不得服其私親也。《周禮》曰「王為諸侯緦縗」，同姓則麻，異姓則葛。攝皇帝當為功顯君緦縗，弁而加麻環絰，如天子弔諸侯服，以應聖制。

王莽一弔再會，奪情爲公，不敢顧私，而令新都侯王宗爲主，服喪三年。

祥瑞三現

新聖將興，必有祥瑞符命，雖然這只是好事者所造作的一種政治神話，卻是獲得群衆支持的必要手段；在迷信的上古時代是不可或缺的。

居攝三年（八年），這一年中，即有三件祥瑞符命出現。第一件是宗室高帝系的廣饒侯劉京上書說，七月中，齊郡臨淄縣（山東臨淄）昌興亭長辛當一夜數夢，夢中人說：

「我是天上派來的使者，天公派我告訴亭長說：『攝皇帝應當爲眞天子』。若不相信我的話，明天亭中會當有新井。」

亭長晨起察看亭中，果然有新井，且大約有百尺深。第二件是，車騎將軍千人扈雲奏言巴郡（四川江北）出現石牛。第三件是，大保屬臧鴻奏言右扶風有個名爲「雍」的地方出現石文。事情是這樣的：

十一月壬子，那天正好是建冬至，巴郡石牛運到京師，被放置在未央宮前殿。戊午，雍石文運到，與石牛放在一處。王莽與太保安陽侯舜等前往觀看，忽然狂風大起，塵沙飛揚，天昏地暗；風止，得銅符帛圖於石前，騎都尉崔發等上前探視，上面文字說：

天告帝符，獻者封侯。承天命，用神令。

王莽將這些符命一起上奏太皇太后：「前孝哀皇帝建平二年，待詔夏賀良等解析赤精子之讖，說漢家曆運中衰，當再受命，若改元易號，則國家可以永安。六月甲子下詔書，改建平二年爲太初元將元年，號爲陳聖劉太平皇帝，並改舊漏一晝夜百刻爲百二十刻。欲知這件事的原委，甘忠可（夏賀良師）、夏賀良的讖書還藏在蘭台，可以查證……臣請共事神祇宗廟，奏言太皇太后、孝平皇后，皆稱『假皇帝』。而號令天下，或天下奏言事，則不言『攝』。又以居攝三年爲初始元年，漏刻以百二十爲度，用應天命。臣莽夙夜養育孺子使其長大成人，令與周成王比德，且宣明太皇太后威德於萬方，期於富而教之。孺子長大後，則還政於孺子，如周公故事。」

太皇太后此時已無實權，也無力制止王莽之要求，只有無奈地准奏。

王莽本獲各界擁護，今又得符瑞支持，群臣衆庶以爲假皇帝即眞帝位，乃當然之事。正當王莽熱中於部署之際，期門郎張充等六人突然起事，圖謀劫持王莽，立楚王，被發覺，皆誅死。

對王莽坐上龍椅有催化作用的最後一件事是梓潼（四川梓潼）人哀章。哀章素行無賴，喜說大話，見莽居攝，即作兩個銅匱，內放二簡；其一題爲「天帝行璽金匱圖」，另一題爲「赤帝行璽某傳予黃帝金策書」，大意說王莽爲眞天子，太皇太后應順從天命。書中並載有輔佐大臣官爵姓名。哀章聽說齊井、石牛之事後，即於當日黃昏，穿著黃衣，將二匱送入高廟，交給僕射，僕射奔告王莽。

王莽乘勢至高廟拜受金匱，接受神命禪位，然後謁見太后，還坐未央宮前殿，即眞天子位；建國號曰新，改正朔，易服色，變犧牲，殊徽幟，異器制。以十二月朔癸酉爲始建國元年正月之朔，以雞鳴爲時，服色配德上黃，犧牲應正用白，使節之旄旛皆純黃，署曰「新使五威節」。

王莽即眞位，太皇太后鬱鬱自責，以爲無顏見元帝於地下，王夫之《讀通鑑論》將前漢之亡，歸咎於王太后的婦人之仁。其實，這是不公平的。王莽之即眞位，除王太后之援引外，尚有其他因素；而王太后之大力援引外戚，純係封建體制下「男尊女卑」遺毒的結果，不可據此加以苛責。

王莽既登極，尊太皇太后爲新室文母太皇太后，始建國五年（十三年）崩，享年八十四。莽妻立爲皇后，本有四男：宇、獲、安、臨。宇、獲以罪誅死，安頗荒忽，乃以臨爲皇太子，安爲新嘉辟（國君）。封宇子六人爲公。並優禮孺子，策命孺子爲定安公，永爲新室賓，封以平原、安德、漯陰、鬲、重丘，共萬戶，地方百里，爲定安公國。立漢室宗廟於其國，可自行漢正朔、服色，世世以事其祖宗，享歷代之祭祀。

又按金匱所載輔臣姓名一一封拜：以太傅、左輔、驃騎將軍安陽侯王舜爲太師，封安新公；大司徒就德侯平晏爲太傅，封就新公；少阿、羲我、京兆尹紅休侯劉歆爲國師，封嘉新公；廣漢梓潼哀章爲國將，封美新公，是爲四輔，位上公。太保、後承承陽侯甄邯爲大司馬、承新公；丕進侯王尋爲大司徒、章新公；步兵將軍成都侯王邑爲大司空、隆新公，是爲三公。大阿、右拂、大司空、衛將軍廣陽侯甄豐爲更始將軍、廣新公；京兆王興爲衛將軍、奉新公；輕車將軍成武侯孫建爲立國將軍、成新公；京兆王盛爲前將軍、崇新公，是爲四將。四輔、三公、四將，合爲十一公。王興乃故城門令史；王盛則爲賣餅的，因符命載其名，王莽求得此姓名十餘人，以兩人容貌應卜相，逕從布衣登用，以應神意。

又封拜卿大夫、侍中、尙書官凡數百人。前討伐翟義、趙明等有功牧守，牧封爲男，守封爲附城。王莽不忘舊恩戴崇、金涉、箕閎、楊並等，皆封其子爲男。

至於漢宗室爲郡守者，皆徙爲諫太夫，既可防範，又可保全。王莽代漢，優禮孺子，保全劉氏，未誅一人。於中國史上亦是少有之事。

四、王莽何以能順利代漢

元成之衰

宣帝一朝是前漢內外發展的極峰，宣帝本人起自民間，頗知百姓疾苦，吏豪情僞；又能著眼於制度的重建，宰相起自州部，猛將發自卒伍；以法御吏，以儒治民，抑強保弱；在嚴密的考績制度下，循吏輩出，不乏其人。不但是漢帝國的治世，也是中國史上吏治最成功的時期。

迨至前漢後期的四十餘年（元帝在位十六年，成帝在位二十六年），是前漢的轉變時期。高祖朝的朝氣，文、景朝的樸素，武帝朝的磅礴，昭、宣朝的堅實，這些優良政風，俱成過去。後繼的元成時代，雖然四海昇平，卻因耽於安逸，缺乏刺激，而呈現西風殘照的敗亡之象。

元帝柔仁好儒，性格與宣帝迥異。爲太子時，見宣帝所用多文法吏，以刑名責下。因此在某次宴飲中，便從容進諫宣帝：

「陛下持刑太深，宜用儒生。」

可是宣帝朝本行儒、法兼治的雜霸政策，故不喜元帝純任儒者的理論，而獨愛明察好法的淮陽王（張婕妤所生），以為英明果斷頗似自己。但因元帝為許皇后所生，許皇后與宣帝共貧賤，又不得善終（霍光妻霍顯欲立女為后，買通女醫淳于衍將之毒死），宣帝憐惜他，故終不忍廢元帝。

元帝儒弱好儒，常依經義施政。蕭望之、匡衡以儒為相，大儒劉向、劉歆父子常引經義，以定大策。是周代制度已成歷史陳跡，不可再復，而六藝包羅文學、歷史、哲學，不全與政治有關，引一句而定大計，難免取捨各殊，前後矛盾。

又輕視事功，本是元成兩朝的政治趨勢，如元帝時西域副校尉陳湯，與甘延壽擊破匈奴郅支單于，斬郅支及閼氏太子各王以下一千五百一十八級，俘虜降者甚多，立功萬里之外，傳首京師，西域震恐。然至論功行賞時，丞相匡衡、中書令石顯彈劾陳湯矯制發兵，且攻康居時曾侵占戰利品，將他貶為士伍。陳湯繫萬里難制之虜，雪國家累年之恥，使邊陲無警，卻以小過遭匡衡排斥，實在令功臣戰士扼腕，足見元、成朝不重事功，只重視逞口舌之利的儒臣，這和武、宣時代是大異其趣的。

元成時代的政權，幾乎完全內廷化，內廷化的結果是外戚以大司馬大將軍當權；

皇帝不親大臣，言路壅塞。朋黨興起，人主孤立。一派是儒臣，以太傅蕭望之、少傅周堪、宗室劉向爲首。一派是宦者中書令弘恭、石顯與外戚史高相結。兩派互相攻訐，朝廷動盪不安，這與元帝的柔懦無主張，不無關係。

外戚問題，雖是封建宗法社會遺留下的包袱，卻成爲壟斷前漢命脈的主要關鍵。漢制部分取法周制，外戚是皇室的一部，自有封土之權；然而外戚隨后妃消長，不固定於一家，如果君權不下移，政在外廷，外戚是無法動搖朝廷的。前漢自武帝以內朝壓抑外朝，外戚以大司大將軍名義領尚書事，爲內朝領袖。這個模式，歷武帝、昭帝、宣帝等明君，尚不致出問題；但至元、成時代，元帝仁懦，成帝荒淫，尤其成帝大用母家王氏諸舅，從此外戚權力蒸蒸日上，終至王莽之代漢。

有漢一代之衰，始於元帝，而大壞於成帝。成帝荒淫奢侈如武帝，優柔寡斷如元帝。其才慧雖足以洞悉淳于長之謀、王氏之專斷，但其本人溺於宮闈，制於母后，疏遠正士，使朝無持重之臣。徒自嗟嘆而不能除王氏，終至劉氏政權遭篡。這種不幸結局，成帝要負很大的責任。

又朝政之壞，儒臣的無作爲少理想也是原因之一，班固曾對元成時代的三公下了個註腳：

自孝武興學，公孫弘以儒相，其後蔡義、韋賢、玄成（韋賢少子）、匡衡、張禹、翟方進、孔光、平當、馬宮及當子晏，咸以儒宗居宰相位，服儒衣冠，傳先王語，其蘊藉可也，然皆持祿保位，被阿諛之譏，彼以古人之跡見繩，烏能勝其任乎？

揚雄謂成帝時代的吏治：

縣令不清士，郡守不迎師，郡卿不揖客，將相不俯眉，言奇者見疑，行殊者得辟。

王船山也評此時的政風，是以「柔情銷天下之氣」。總之，元帝的優柔寡斷，成帝荒淫奢縱，有漢一代又怎能不敗亡呢？

元后拔擢外戚

外戚淵源於封建宗法，所謂「親親之義」，即舅父與宗室諸父親疏相同。宗室、外戚同輔皇室，宗室諸王握權雖大，但在外而疏，且容易和中央對立，所以自景帝「七國之亂」至武帝，芟除幾盡。外戚則雖受限於「非劉氏不王」，未能封王，權勢不若宗室大，但因在內而親，又常得輔政，故易於不知不覺中竊取威權。不過外戚在先天上的弱點是隨后妃進退，后妃或色衰愛弛，或身亡勢消，外戚即遭廢退，如呂氏、霍氏便是例證。其後天弱點是因人成事，一旦天子強力爲雄，外戚自如贅旒，不起作用，宣帝以前大抵如是。但是這兩個弱點，元帝以後，都被王氏補平了。

元后王政君，起初雖尊爲皇后，但她只是元帝喪妾之痛後的娛樂樣品，並不得元帝寵愛，她的兒子成帝也幾乎被廢。這一幕幕的噩夢，使她深覺宮闈之大，孤危一無所恃，惴惴然朝不保夕。憂懼落寞之餘，不得不轉而倚靠外家，因此迫切地厚植王氏勢力，拔擢弟姪，以固后位，這種心態是可以理解的。

此外，元后的長壽，弟姪的衆多，也是王氏政權久固不衰的原因之一，又元帝以後，儒學大盛，抑君權，崇孝道，諸臣於丁、傅中物色賢者執政，而未曾藉此時機尊君重相，排除外戚，恢復君權。這種情勢演變的結果，政權終必落於外戚中賢者之手。

王太后爲牢固外家勢力，歷成、哀、平三世而不敢稍有鬆懈，先後提攜兄鳳，弟音、商、根，及姪王莽，終至王莽代漢。然而王莽代漢一事與她拔擢弟姪之初心違背。王莽居攝踐阼，王太后一意反對。王莽欲即眞位，奉符瑞稟太后，太后大驚。王舜到太后處要求傳國璽，太后怒罵王莽，相持很久，最後不得已才將印璽投之於地。王莽稱帝後，有諂媚者說漢已廢，太后自然不能再稱尊號，於是王莽乃改尊之爲新室文母太皇太后，不再與漢有關。他優禮太后，一切起居仍用漢家舊制，然太后終鬱鬱不樂，而崩於始建國五年。後十年，新莽滅。元后之一生，可謂與王氏政權相始終。

王夫之《讀通鑑論》謂：

> 亡西漢者，元后之罪通於天矣！

其實，封建社會帝王多妾，帝后之間少有感情，此所謂愛幸多，情必薄。宗法社會組織，男尊女卑，男性一天到晚追尋刺激、新鮮，女性唯有委屈地獨守空閨。任妳「蟬鬢加意梳，蛾眉用心掃」，可是「看多自成故」，也就不再新鮮了。膚淺的男性病態心理，造成多少女性的無奈。元后的一切行爲，實由於宗法社會男尊女卑的遺毒鑄成，她不過是中國眾多無助女性中的一個，豈可苛責？

禪讓與五德

儒家爲諸子之一，孔、孟僕僕終生不得一用於世，其因無非各國君主都認爲儒學繁文縟節，迂遠不切實際，可用於承平之時，不能用於亂世。漢興七十年，到武帝海內承平，用董仲舒議，提倡儒學，以點綴昇平，實則於儒者尊而不用；然自此之後，儒者主政，以儒學定策的風氣卻愈來愈盛。武帝時公孫弘以布衣爲相；昭帝時有王訢、楊敞、蔡義；宣帝時有韋賢；到元帝時則更光大盛極，如韋玄成、貢禹、匡衡、蕭望之，皆一時儒宗。成、哀之世，踵事增華不少衰，而大集於王莽。此時之儒學內涵，主要是：

㈠禪讓制度與五德終始結合：孔、孟皆不主政權握於一姓，孟子更主張「民爲貴，社稷次之，君爲輕」，因而堯舜之禪讓，是儒家所讚美的。但如何禪讓？讓給何人？皆語焉不詳。因爲僅有標的，而無方案，故陰陽家之五德終始說乘隙而入。五德終始說的大意是天人相應，政治與人事配合天德，天有金木水火土五種力量，迭起相生，運轉不息，故政治也隨著有興衰代謝。一代之興，天必降符瑞，聖人受命，登大位，訂制度，興禮樂，封禪。及其德衰，則災異出現，天意示警，必須禪國讓賢。而新的一代之於上一代，在五行上說，必須相生，如上一代是火德，新一代則爲土德，火生土也。這種理論正與儒家不主一姓，抑制君權膨脹的政治理想暗合，所以漢儒多能接受。董仲舒提倡天人合一說，便是將儒家思想與五行之說密切結合，對漢代政治與學術都有深遠的影響。

儒家的禪讓學說，在漢代頗爲盛行。昭帝時，董仲舒的學生眭弘，治《春秋》，見有災異，要求昭帝禪位，霍光下其書於廷尉，誅死。宣帝時，蓋寬饒上書言五帝官天下，三王家天下，家以傳子，官以傳賢，結果蓋寬饒也自殺。眭、蓋雖死，但其說愈演愈烈。成帝時有谷永、甘忠可，哀帝時有解光、李尋。到平帝時更盛。而成帝、哀帝、平帝皆無後，更是漢德已衰的明證。這種思想激盪的結果，勢必走上禪讓一途。

哀帝寵男色董賢，擢賢爲大司馬，當時董賢只有二十二歲，而董氏親屬皆侍中諸曹，寵幸在傅、丁之上。一次，哀帝置酒麒麟殿，飲罷從容對董賢笑說：

「吾欲法堯禪舜，何如？」

王閎（王譚子）進諫說：

「天下乃高皇帝天下，非陛下所有。陛下承繼大位，當傳子孫於無窮。統業至重，天子無戲言！」

哀帝聽了默然不悅，侍宴者皆恐懼，從此疏遠王閎。

哀帝、董賢之禪讓故事，只是王莽代漢的預演。而儒家禪讓思想與五德終始論，亦即聖人的教條與上天的旨意相結合的結果，才是促成王莽代漢的主要動力。

㈡對周制的憧憬：儒家的施政理念是以周制為其最高指導原則。孔子所盼望的不患寡貧，而患不均，是周的經濟哲學；正名實、別貴賤，道之以德，齊之以禮，是周的政治法則；郁郁乎文哉，所讚頌的是周的文化精神。而夢寐以求的是周公的風儀表率。

但周制已遠，其詳不得而知，粗舉其要點：政治上，封疆建藩，以親親尊賢為等差，以車服等級定名位，而禮樂是其精神；這正是不重禮樂，上下僭越的漢代所欠缺的。

經濟上，井田制度和工商官營是其骨幹。井田制度的優點是有積極的農政，而無貧富不均之弊。漢代雖號稱輕傜薄賦，優惠農民，但漢初的經濟政策消極放任，實際受益者是地主；而土地分配不均，生產力與生產結構不協調的問題，自戰國至前漢末年以來並沒有獲得解決。恢復周代的井田制度，被認為是一種打擊地主，解救貧農的最佳辦法。

另方面，私營工商的勢力自戰國以來日益龐大，而漢初的無為政策，使工商企業家更如虎添翼，《史記．貨殖列傳》、晁錯的〈論貴粟疏〉都可證明工商勢力之雄厚。雖立法限制商人名田，不許衣絲乘車，但並沒有發生多大作用。漢武帝的經濟改革，還是要倚賴洛陽賈人之子桑弘羊、齊之大鹽商東郭咸陽、南陽大冶礦家孔僅等三人，為其言利事，析秋毫，因為他們才是真正的行家。武帝不能有效抑止商賈是可想見的。然而官營似乎是打擊富賈豪強的最好方法，此舉武帝已開其端，王莽更擴大推行。

又此時奴婢問題也非常嚴重，官私奴婢數目衆多，這與先秦以來的平等學說大相逕庭，也到了非解決不可的地步。而王莽正是儒家思想的實行者，無助的貧農當然樂見他代漢，以恢復周制，解救他們於水深火熱之中。

王莽代漢

王莽是個儒生一切行為皆以儒家教條為準則。儒家對個人行為的要求是：孝親敬長，友愛兄弟，勤學、儉樸、廉潔，推財施惠。王莽樣樣都做得很成功。又是出名的孝子，曾在賓客飲宴中，幾次告退到後房侍奉寡母進湯藥。伯父王鳳生病，王莽侍疾，親嘗湯藥，蓬首垢面，衣不解帶。寡嫂之子王光在太學讀書，每逢休沐日，王莽親以酒食饌勞其師傅，執禮恭謹，而王光的同學個個有分，凡此種種，常令長老、諸生嘆爲觀止。

學問方面，王莽更是博覽典籍，手不釋卷。生活上，則儉樸有禮，自爲新都侯，持節愈謙，散其輿馬衣裘賑施賓客；收贍名士，家無餘財。綏和元年，繼王根爲大司馬執政，更是克己不倦，聘賢良爲掾吏，皇帝賞賜的邑錢，全部餽贈賢士；而自己則愈加儉約。某次莽母生病，公卿列侯的夫人相約前來問病，莽妻出迎，衣不曳地，長布蔽膝，諸夫人竟以爲是女僕。

王莽傾心接納天下賢士，於就國新都期間，結識名士孔休，兩人惺惺相惜。某次，莽生病，孔休至榻前問病，王莽乘機將玉具寶劍送給孔休，休以禮重而不敢受，王莽解釋說：

「識見君面有瘢，美玉可以滅瘢，欲獻其瑑耳。」

孔休仍辭不受，王莽說：

「君嫌其價邪？」

於是把它搗碎了才送他。

又王莽嫉惡如仇，不以私害公，與漢代一些儒者，如公孫弘、蔡義、韋賢、韋亦成、匡衡、張禹、翟方進、孔光等之持祿保位、阿諛權貴，不可同日而語。

凡此種種懿行，不一而足，而這些都是儒者所推崇的。而王莽對自己的期許，也不只見賢思齊，更希望名望高過前賢。

前漢末年，外戚秉政，儒學治國之時，王莽既是外戚，又是儒者，是個最理想的政治人物。又値漢德已衰，禪讓之說風行之際，王莽既行孚衆望，又想推行周制以解決戰國以來的各種問題，因此頗得儒士之心，儒士都以依附他爲榮。形勢所趨，王莽代漢，冥冥中似有天意。

王莽靈活的政治手腕，也是他成功原因之一。他就國三年，杜門自守，韜光養晦；復出之後，政治手腕更爲圓熟，馬上組織幹部，如孔光、劉歆、王舜、王邑、甄豐、甄邯、平晏、孫建等，皆入其彀中。又深明「造勢」的重要性，時時刻刻不忘爲同僚、宗室、百姓爭取福利，因此很快獲得各階層的支持和群衆的擁戴。劉崇、翟義之亂，他部署得當，賞罰明快，也不得不令人折服。

綜合王莽代漢成功之因素，乃自助、人助、天助也。

五、新朝新政(一)——更改官制、普及教育

盡易漢官

王莽即位後，一面根據經籍，一面迎合儒家理想，積極從事改制，一切施政力求革新，以符合新朝代新氣象。實際上，王莽之新政，於平帝時已開始，平帝五年，孺子三年，一共攝政八年；加上即位後始建國五年，天鳳六年，地皇四年，一共二十三年。在這二十三年之中，其理論之高，氣魄之大，可謂前無古人，後無來者。

王莽愛好古制，完全仿照唐虞三代舊制，盡易漢官名稱。於中央設四嶽、三公、九卿、二十七大夫、八十一元士，分主中都官諸職。

四嶽又叫四輔，即東嶽太師、南嶽太傅、西嶽國師、北嶽國將，位皆上公。三公為大司馬、大司徒、大司空，每公統三卿，故有九卿。每卿統三大夫，故有二十七大夫；每大夫統三元士，故有八十一元士。

東嶽太師、南嶽太傅、西嶽國師、北嶽國將，皆僅為優待大臣之榮銜，並無職

事。

大司馬掌軍政，主威刑，勸勉百姓努力農事，以求年年豐收。善良風俗，以求人人父義、母慈、兄友、弟恭、子孝，心中常存仁、義、禮、智、信。大司空掌國家興建、土木、水利工程之建設，名山大川之管理，以及環保工作。又置大司馬司允、大司徒司直、大司空司若，爲三公之副，位皆孤卿。孤，特也，言卑於公，尊於卿。

又改諸官名稱。大司農改稱羲和，後更爲納言，是政府的財政機構，掌錢貨、糧穀。凡徵發錢糧，蠲免租稅及國家收支調度賞賜，皆由大司農掌管。

大理改稱作士，爲中央司法機關，掌刑辟，又是郡國的上訴機關。天子不得干涉司法審判。

太常改稱秩宗，掌宗廟禮儀，各皇陵事務，兼學術文化事業，主持考試，郡國子弟優秀有志向學的，可到太常受業。

大鴻臚改稱典樂，掌歸化蠻夷及諸侯交接之事，兼具禮官、外交官兩種性質。

少府改稱共工。府者，錢帛之所儲，加一少字，即與大司農對稱，二者同爲財經機構。大司農經理國家財政，少府掌管皇室奉養，山海池澤之所出，宮中服御諸物，衣服寶貨珍玩之屬，都屬於其管轄範圍，亦即總攬皇室私產與消費供應。

水衡都尉改稱予虞，掌管上林苑。

以上六卿，與前述三孤卿，合爲九卿，分屬三公。

光祿勳改稱司中，統天子侍從諸郎官，掌殿掖門戶，出則充車騎侍衛。因與天子接近，亦承辦宮中事務。

太僕改稱太御，掌輿馬。

衛尉改稱太衛，掌宮門衛屯兵。

執金吾改稱奮武。金吾爲鳥名，主辟不祥，職掌儌循京師，逮捕罪犯，盡衛戍之責。

中尉改稱軍正，掌軍政。

大贅官，新置。贅，聚也，言財物所聚也。主輿服御物，後又典兵秩。此六者位皆上卿，號曰六監。

御史改稱執法，掌國家檔案，圖書文件，傳宣詔令，監察中央及郡國百官。

公車司馬改稱王路四門，凡吏民上書，四方貢獻，及徵辟人才皆詣公車。

司恭、司徒、司明、司聰、司中大夫、誦詩工、徹膳宰，皆新置，掌諫諍帝王之過。

王莽於地方官制，則改郡太守曰大尹，都尉曰太尉，縣令、長曰宰。又置卒正、連率，職如太守；屬令、屬長，職如都尉。置州牧、部監二十五人，見禮如三公。監位上大夫，各主五郡。公氏作牧，侯氏卒正，伯氏連率，子氏屬令，男氏屬長，皆世其官。其無爵者為尹。

分京師為前輝光、後承烈二郡。後長安改稱常安，為新室西都，洛陽為東都。西都曰六鄉，分常安城旁地為之，置帥各一人；眾縣曰六尉，分三輔（京兆尹、左馮翊、右扶風）為六尉郡。東都曰六州，置州長各一人，益河南屬縣滿三十，人主五縣；眾縣曰六隊，河東、河內、弘農、河南、潁川、南陽為六隊郡。六尉郡、六隊郡皆置大夫，職如太守；屬正，職如都尉。

又粟米之內曰內郡，其外曰近郡，有鄣徼者曰邊郡。合百二十五郡，九州之內，縣二千二百有三。

此其犖犖大者，其他官名、地名悉改，於此不贅舉。又更名秩：百石曰庶士，三百石曰下士，四百石曰中士，五百石曰命士，六百石曰元士，千石曰下大夫，比二千石曰中大夫，二千石曰上大夫，中二千石曰卿。車服黻冕各有差品。又規定官吏自「比二千石」以上，年老退休，可終身食原俸三分之一。

恢復封建

王莽代漢後，除封妻子之外，又封五服之親，封王氏齊縗之屬為侯，大功為伯，小功為子，緦麻為男，其女皆為任。男以「睦」、女以「隆」為號，皆授印韍。

王莽自謂出黃帝、虞舜之後。虞帝之先受姓曰姚，其在陶唐時代曰嬀，在周代曰陳，在齊曰田，在濟南曰王。故以黃帝為初祖，虞舜為始祖，追尊陳胡公為陳胡王，田敬仲為齊敬王，濟北王安為濟北愍王。立祖廟五所，親廟四所。姚、嬀、陳、田、王五姓，皆黃帝虞舜苗裔，同族也。為符合《尚書》中所說「惇序九族」，令天下上此五姓名籍於秩宗，皆以為宗室，世世免其賦稅徭役。又令元城王氏不可與姚、嬀、陳、田四姓聯姻，以其同祖也。封陳崇為統睦侯，奉胡王後；田豐為世睦侯，奉敬王後。

又下詔封古聖王之後裔：

帝王之道，相因而通；盛德之祚，百世享祀。予惟黃帝、帝少昊、帝顓頊、帝嚳、帝堯、帝舜、帝夏禹、皋陶、伊尹咸有聖德，假於皇天，功烈巍巍，光施於遠。予甚嘉之，營求其後，將祚厥祀。

王氏，虞帝之後，出自帝嚳；劉氏，堯之後，出自顓頊。於是封姚恂爲初睦侯，奉黃帝後；梁護爲脩遠伯，奉少昊後；皇孫功隆公千，奉帝嚳後；劉歆（疑非國師劉歆）爲祁烈伯，奉顓頊後；國師劉歆子疊爲伊休侯，奉堯後；嬀昌爲始睦侯，奉虞帝後；山遵爲褒謀子，奉皋陶後；伊玄爲褒衡子，奉伊尹後。漢後定安公劉嬰，位爲賓。周後衛公姬黨，更封爲章平公，亦爲賓。殷後宋公孔弘，更封爲章昭侯，位爲恪，位亦如賓。夏後遼西姒豐，封爲章功侯，亦爲恪。又封周公後姬就爲褒魯子，宣尼公後孔鈞爲褒成子。

天無二日，土無二王，王莽以爲漢氏諸侯及四夷稱王，與古制不合，乃定諸侯王之號皆稱公，四夷僭號稱王者皆改爲侯。

又存漢宗廟，以續血食；以漢高廟爲文祖廟，立漢祖廟於定安國。其園寢廟在京師者，不必廢毀，並且祠薦如故。每年秋九月，王莽親祭漢氏高、元、成、平之廟。諸劉更屬籍京兆大尹，仍舊終身免其賦稅徭役，州牧常存問之，不可有所侵犯。

設官分職，實爲出治之原，體國經野，亦宜與地理相合，王莽加意於官制改革，不可謂其不知治本。然其制度，皆慕古而不切實際，且再三反覆，一郡至五次易名，而還復其舊；罷置改易，天下多事，吏民不能記。每下詔書輒繫其舊名，徒滋紛擾，而制度實未定，更無論實行。又其詔誥常用《尚書》文體，文字艱澀，一般人無法瞭解，更阻礙新政之推展。

總之，王莽更改官制之所以失敗，主要由於規模過大，徒滋紛擾；且慕古之情難化，爲古制所囿。古代制度雖美，但已不合時宜；制度本有時代性，適於古代，未必適於現在；此國之制度，亦未必適於彼國。歷史是變的，不因時制宜，徒然囫圇吞棗，豈能化其糟粕而取其精華！王莽憧憬周制，而獨不能取積極性之一面，誠一兩腳書櫥。然亦足見「文明之消化」實亦不易。

普及教育

王莽的文化建設，可能是他新政中最成功的一環。而其戮力從事文化建設，與秦始皇之燔詩書，禁偶語，實施思想控制，大異其趣。因爲王莽深知爲治之道，首重人才，而人才須循教育途徑培養。

王莽本身是名儒者，非但對學術文化有極高之熱誠，亦深知儒士之情思，是以對於文化政策的推展，不遺餘力。首先增設學校，立明堂、辟雍、靈台；擴充太學，延聘師資，增加五經博士，每一經五人，又立《樂經》，共六經三十博士。且增加錄取名額，每一博士領三百六十博士弟子，太學生總數達一萬多人。

王莽也深悉治校之道，學生乃學校之首要成員，其次教授，再次行政人員，校務行政人員是爲服務學生、教授而設的。故廣建校舍，好讓莘莘學子專心於研究工作，這是中國太學有固定校舍的開始。校舍之設施亦是一流的，雨天不濕足，暑日不暴首，其宏大安適，曠古無之，學子人人傾心不已。

爲普及教育，地方上無論郡縣鄉聚皆令設學校。郡國曰學，縣、道、邑、侯國曰校，學、校各置經師一人；鄉曰庠，聚曰序，庠、序各置孝經師一人。

王莽的教育政策是：尊重廣大民眾受教育的權利；人才交由學校培育；一國之教育，須在中央的指導之下，加以普及，而一國之教育水平，須在全國普及的基礎上來提升。

今古文之爭

學校既已普設，其次學生、教授最迫切需要的，就是資料的獲得與研讀。王莽於是又廣徵天下藏有逸《禮》、古《書》、《毛詩》、《周官》、《爾雅》、圖讖、曆算、月令、鍾律、兵法、小學、史篇、方術、《本草》等，並有所研究者；或教授《五經》、《論語》、《孝經》、《爾雅》者，均遣詣京師。天下異能之士，至者前後千餘人，共聚京師，論正乖謬壹異說，將中國古籍做了一次總整理。又由於王莽之廣蒐古籍佚書，使一些失傳典籍紛紛再現，無形中助長了古文經之傳播，使漢代經學今古文之爭，愈演愈烈。

今古文之爭起因，可追溯至秦始皇三十四年（前二一三年），李斯建議盡毀民間所藏詩書百家語，以實施全面思想統制。後項羽進駐咸陽，火燒阿房宮，把秦宮所藏的典籍付之一炬，我國古代典籍幾乎蕩然無存。漢室始肇，百廢待舉，無暇提倡文教；至惠帝始除挾書之令，並大蒐篇籍，廣開獻書之路；迄武帝世，鑑於書缺簡脫、禮壞樂崩，乃建藏書之策，置寫書之官。於是民間及山巖屋壁藏書逐漸出焉。漢代經學遂發生今、古文之爭。

所謂今文經，乃漢初傳經，憑耆宿口授，學者用當時文字隸書記錄，即爲今文經。然而因爲老儒記憶不全，口音重，疏漏、誤解之處在所難免。又因解釋不同，經有數家，家有數說。又各經章句繁瑣冗雜，甚至一經至百餘萬言，已無學術精神可言；且大師徒衆至千餘人，形成利益集團，黨同伐異。由於今文經之繁冗，誦習不易，學者自幼守一藝，白首而後能言；學成之後，又安其所習，毀所不見，終以自蔽。王莽亦感於今文經之繁雜，曾下令減少五經章句，皆爲二十萬言。

至於古文經，則是用古代蝌蚪文所寫的古籍。其流傳有兩個集中地，一是魯恭王處，一是河間獻王處。魯恭王爲武帝異母弟，因好治宮室苑囿，欲壞孔子舊宅，於其壁中得古文經，包括《尚書》、逸《禮》等，古文《尚書》比伏生所傳今文《尚書》多十七篇。河間獻王亦景帝子，修學好古，實事求是，徵得民間善書甚多。

王莽之支持古文經，多少與其好古性格有關，而古文經大儒劉歆，也是王莽的主要幹部之一。劉歆之父劉向是通儒，成帝時曾校閱祕閣典籍。其後劉歆克紹箕裘。

劉歆少時與王莽同爲黃門郎，平帝時立爲博士，後來既掌典祕書，又識古文，乃予以整理，曾重纂古文《左氏傳》以解釋《春秋》經，對春秋史實的闡述很有創見。又整理古文《毛詩》、逸《禮》、古文《尚書》，還原這些典籍的本來面目，使之得以流傳不墜。一如鄭玄所謂：

劉歆識古，故能表章墜典，意良厚矣！

足見劉歆對古文經以及學術界的貢獻，厥功頗偉。

平帝時，王莽執政，欲弘揚學術，網羅佚文，於是支持劉歆，採其建議，立《毛詩》、《左氏春秋》、逸《禮》、古文《尙書》於學官。惟王莽既要從古文經中，爲改制尋找理論根據；又要利用雜有讖緯學的今文經，爲其代漢及鞏固政權服務，故王莽雖支持古文經，但也不排斥今文經。

古文家考訂古文，攻擊今文家遷就環境，阿附時君，雜以讖緯，使儒學玄學化，神道之說大興，儒家精神轉晦。他們把儒學從迷信中解放出來，於是譏諷今文家「守殘妒眞」。今文家則懷疑劉歆竄改僞造。兩派互相攻訐。

後漢光武帝時代至漢末，官學方面又爲今文家所獨占。惟今文家亦有兼習古文經者，自章帝以後，也令高材生學習古文《尙書》、《穀梁》、《毛詩》、《左傳》，成績優良者，擢爲講郎，給事近署；以求網羅遺意，博存衆家。因帝王之提倡，今、古文之爭遂趨緩和，所以東漢後期大儒，如賈逵、馬融、鄭玄等，多今、古文兼治。又民間研習古文的，亦可徵辟入仕。

今、古文家爲利祿而爭的結果，反都流於瑣碎，徒具形式而無精神意義。而後明哲之士，漸漸轉於佛老，儒學已日暮途窮！利祿所誘，人人擅計於譁世取寵，輕淺寡慮，不再能深思力學。

王莽對資料之蒐集與整理，間接幫助班固《漢書》〈地理〉、〈藝文〉諸志之撰寫。倡導古文經，則使學術界更富活力、創造力與自由精神，尤其學術風氣之自由，更是學術進步之保證。甚且在學術至尊的原則下，竟也打破了男女的界限，崔駰的祖母師氏，能通經學百家之言，王莽待以殊禮，賜號義成夫人，金印紫綬，文軒丹轂，名顯於當時。

致力教化

教化是治民之本。王莽既以周制為最高指導原則，因此對於文王的化及邦國，以致耕者讓畔、行者讓路、訟者自息的德治境界，是非常企慕的。王莽自身對於爵位奉邑的辭讓，也希望能化及萬民。雖然他這種企圖常被屬下窺悉，而以假象哄之，如太保王舜曾奏天下人聞王莽辭讓，莫不嚮化；蜀郡男子路建等輟訟慚怍而退，雖文王卻虞芮無以加之。王莽又遣使持節分行天下觀風俗，使者回報說市無二價，官無獄訟，邑無盜賊，野無飢民，道不拾遺，男女有別，異路而走。太傅唐尊以為「國虛民貧，咎在奢泰」，乃自身穿著短衣小袖，乘牝馬柴車，寢稾草，用瓦器。出外見男女不異路者，唐尊就下車，用象刑赭汁染其衣，有古人懲治之意。王莽頗讚賞他的作法，下詔公卿仿照實施，並封唐尊爲平化侯。足見王莽非常重視聖人教條之實踐。總之，善良的風俗，是社會安定的保障，王莽能致力於教化，在中國史上實在少見。

至於科技方面，翟義黨王孫慶被捕，王莽令太醫尙方與巧屠刳剝其屍，量度五臟，以竹筳導其脈，探知血管的來龍去脈，以求醫學新知，此爲中國解剖學之始。解剖叛逆大惡之徒的屍體，以求有益於人類健康，王莽用心誠良苦，可惜這份早期解剖學史料，因年代久遠而失傳。然而王莽解剖死囚屍體，在中國醫學解剖史上，亦屬一重要環節。

又天鳳六年（一九年），匈奴叩邊甚急，乃博募有特技奇術，能退匈奴者，將以高位待之。因此進言便宜者以萬計，或說不持斗糧，只要服食藥物，則三軍不飢；或說不用舟楫而能渡水，連馬接騎，可濟百萬雄師；或說一日能飛千里，可偵察匈奴情僞。王莽乃試之。取大鳥翮爲兩翼，頭與身皆著毛，通引環紐，飛數百步而墜。這種數百步的飛行成績，在世界飛行史上，也可算是一項紀錄。惟王莽深知其不可用，竟盡去之。

六、新朝新政(二)——抑富右貧的經濟政策

土地改革

王莽之經濟政策，主要是爲打擊豪強，造福無助的百姓。所謂豪強，包括權貴、富賈、地主等階級；此三者關係甚爲微妙，一個豪強可能同時兼具三種身分。權貴階級可利用權勢經商營利，而成爲富賈；既成富賈，則購置田地，而成爲地主。同理富賈也可能一變而爲地主、權貴。地主也可成爲富賈、權貴。總之，這三種階級，是一體三面，他們往往相互勾結爲害社會。而欲變風俗，經濟改革是最根本的辦法。只有天下均富，人人不以財多爲光榮，則民不慕虛榮，風俗自然淳厚；否則一個唯利是圖的社會，人民也很可能無所不用其極了！經濟改革是王莽政策中最主要的部分；而土地改革又爲經濟改革重點所在，也是均貧富的重要手段之一。

自春秋戰國以來，由於井田破壞，土地私有，商業資本發達，土地兼併買賣的風氣很盛，因而土地集中於少數大地主手中。尤其漢初的休養生息，自由放任的結果，

使土地分配不均，貧富懸殊的現象日趨嚴重。地權之不均，是漢儒最痛心疾首的問題。廣大的貧農受制於豪強，賣田宅、鬻子孫也不得安生。晁錯曾向文帝敘述農民之苦：

今天，農夫一家五口，需兩人以上出去工作，才有飯吃，而能耕種的田也不過百畝，百畝田的收入也不過百石。他們春耕夏耘，秋收冬藏，砍伐薪樵，爲官府服勞役；春天不避風塵，夏天不避暑熱，秋天不避陰雨，冬天不避寒凍，一年四季天天工作；又必須應付人情世事，勤苦如此，若再遇上水旱之災，加以官府的橫征暴斂，眞是生不如死，只有賣田宅鬻子孫來償債。而富商大賈囤積居奇，天天遊手好閒，男的不耕耘，女的不蠶織，衣非錦繡不穿，食非糕果不吃，不必像農夫般勤苦，就有豪華的享受。又利用其財富，交通王侯，作威作福，這就是商人所以兼併農人，農人所以流亡的原因。

董仲舒也曾向武帝述說農民之苦：

富商大賈、地主田連阡陌，而貧者卻無立錐之地。豪強階級又獨占川澤、山林之利，荒淫越制，互誇財富，在地方上有如土霸王，欺凌弱小，小民安得不困？

元帝時，貢禹也說：

商賈求利，東西南北無所不到，吃香的，喝辣的，每年坐收高利貸，又逃漏賦稅。反之，農夫父子終年暴露野外，不避寒暑地辛勤工作，拔草耙土，胼手胝足，收成還不夠繳納賦稅。所以農民只得棄農從商，等而下之者，則起爲盜賊。

豪強之侵併農民竟到如此地步。其更甚者，如蕭何「強買民田宅數千萬」，淮南王劉安之子「擅國權，奪民田宅」，衡山王劉賜「數侵奪人田，壞人塚以爲田」，田蚡竟兼併竇嬰的土地。

漢代三十稅一的優渥稅制，眞正受益者是大地主；而貧民耕大地主之田，卻被剝削五成的收穫。所謂「官家之惠優於三代，豪彊之暴酷於亡秦」。如此富者愈富，貧者愈貧；貧富懸殊，實由於地權不均。

爲解決土地問題，漢儒諸公的共識是「若想創造一個地權平均、財富平均的均富社會，則非行井田之制不可」。董仲舒則以爲井田難復，可先行限民名田。

董仲舒的限田主張，爲豪強利益集團所反對。漢武帝只得採取折衷辦法，壓抑商人，不許商人名田。足見土改的阻力是相當大的。

哀帝時，師丹又提出限田之策：

古代的聖王無不行井田，然後天下才能太平。孝文皇帝承秦末亂後，天下空虛，故倡導農耕，勤儉建國。百姓因此富裕充實，而沒有兼併之害，所以不限制田畝、奴婢的數量。今則累世承平，豪富吏民財富萬貫，一味兼併貧弱。君子爲政，有所改革，一切以救急爲先，應略爲限制之。

哀帝乃令丞相孔光、大司馬何武擬訂一個草案，大要是：

諸侯王、列侯、公主及關內侯、吏民等，皆可擁有私人土地，但皆不得過三十頃。諸侯王蓄奴婢不得過二百人，列侯、公主不得過百人，關內侯、吏民不得過三十人。三年後，過限的充公。

然因當時田宅、奴婢價格便宜，豪強大肆兼併土地，蓄養奴婢；且外戚丁、傅用事，董賢隆貴，欲限其名田、蓄奴，實無異於與虎謀皮。這個方案也就無疾而終了。

王莽深知「厥名三十，實十稅五」，三十稅一的輕稅政策下，實際受益者是大地主；廣大的農民則是大地主「逢十稅五」的眞正受害者。王莽因此決心加以改革；這種改革不只是消極的限田而已，而是要積極的、全面的、根本的改革，以便達成平均地權、社會均富的目標。他首先將田宅放領給貧農，如哀帝建平元年（前六年），將王氏田非家塋部分，全部發放給貧戶。平帝元始二年（二年），安漢公、四輔、三公、卿大夫、吏民等二百三十人，體恤百姓之困乏，而捐出田宅賑給平民。

王莽登極後，於始建國元年（九年）下詔改田制：

古者，設廬井八家，一夫一婦田百畝，什一而稅，則國給民富而頌聲作。此唐虞之道，三代所遵行也。秦為無道，厚賦稅以自供奉，罷民力以極欲，壞聖制，廢井田，是以兼併起，貪鄙生，強者規田以千數，弱者曾無立錐之居。又置奴婢之市，與牛馬同欄，制於民臣，顓斷其命。姦虐之人因緣為利，至略賣人妻子，逆天心，誖人倫，繆於「天地之性人為貴」之義。《書》曰「予則奴戮汝」，唯不用命者，然後被此辜矣。漢氏減輕田租，三十而稅一，常有更賦，罷癃咸出，而豪民侵陵，分田劫假。厥名三十稅一，實什稅五也。父子夫婦終年耕耘，所得不足以自存。故富者犬馬餘菽粟，驕而為邪；貧者不厭糟糠，窮而為姦。俱陷於辜，刑用不錯。予前在大麓，始令天下公田口井，時則有嘉禾之祥，遭反虜逆賊且止。今更名天下田曰「王田」，奴婢曰「私屬」，皆不得賣買。其男口不盈八，而田過一井者，分餘田予九族鄰里鄉黨。故無田，今當受田者，如制度。敢有非井田聖制，無法惑眾者，投諸四裔，以禦魑魅，如皇始祖考虞帝故事。

據此文告，王莽改革田制之動機，確是基於信慕古聖的理想，及悲憫貧弱的仁心。其方法也是拔山超海之勢，不再消極地限田，而是重新加以分配。如此則農著於土，人安其命，天下方能安寧。王莽這項改革最大的阻力，來自大地主階級，大地主為保護既得利益，處處與王莽為敵到底，並不是每一個人都有王莽如此的人道精神。三百多年來的私有制度，田各有主，改革令下，地主土地遽然被奪，內心之不平衡是可以想見的，是以豪強群起誓死抵制。加以制度未定，官吏乘機營私舞弊，執行偏差，小民未蒙其惠先受其害，以致最後：

> 農商失業，食貨俱廢，民人至涕泣於市道，及坐賣買田宅奴婢，鑄錢，自諸侯卿大夫至於庶民，抵罪者不可勝數。

始建國四年（一二年），中郎區博諫阻「王田」，上奏王莽：

> 井田雖聖王法，其廢久矣。周道既衰，而民不從。秦知順民心，可以獲大利也，故滅廬井而置阡陌，遂王諸夏，迄今海內未厭其敝。今欲違民心，

追復千載絕跡，雖堯舜復起，而無百年之漸，弗能行也。天下初定，萬民新附，誠未可施行。

王莽知豪強之杯葛，以致百姓未蒙其利，故亦從善如流，下令「諸名食王田，皆得賣之，勿拘以法。犯私買賣庶人者，且一切勿治。」

王莽雖有仁心魄力解決土地問題，但沒有新思潮爲之推波助瀾，也沒有事前宣導，加以利益集團之阻撓，下吏之執行偏差，以致公權力無能貫徹，「王田」之制因此失敗，實在是件令人惋惜的事情。

有人認爲王莽土改的時機不對，應該乘亂再行井授。後漢荀悅即謂：土地掌握在豪強手中，猝然改革，定起怨心，而生紛亂，井田制度必難施行。若像高祖初定天下、光武中興之後，人衆稀少，實行起來就容易多了。又不熟悉井田之法，應該先以口數限田，人得耕種，嚴禁買賣，如此贍給貧弱，以防兼併，且爲制度張本，不是很好嗎？

仲長統也說：

今者土廣民稀，中地未墾。雖然，猶當限以大家，勿令過制。其地有草者，盡曰官田，力堪農事，乃聽受之。若聽其自取，後必為姦也。

司馬朗也說：

「各有祖產家業，難中途奪之，是以至今。今承大亂之後，百姓流離失所，土業無主，皆爲公田，應及此時恢復井田。」

總而言之，即天下安，土業有主，不便遽行井授，可先行限田；天下亂，土業無主，皆爲公田，則可行井授。王莽操之過急，終致失敗。歷史告訴我們，突變者常難成功，惟緩變者能收其效。改革除了要新思想新觀念爲之催生外，尚須事前加以宣導，並妥擬方案步驟，考慮環境因素，督導執行者絕對公正廉潔。如此由量變（緩變）著手，終可至於質變（突變）收功。

王莽土改既失敗，後繼的漢光武帝，本身便是地主階級，當然無力消滅豪強集團的氣焰，富者田連阡陌如故，如光武子濟南安王有私田八百頃，奴婢千四百人。專川澤之利，管山林之饒者如故，如蘇康、管霸固天下良田美業，山林湖澤；黃綱恃程夫人權力求占山澤以自營。而貧農困苦如故，如陳涉少時爲人傭耕；第五訪少孤貧，亦傭耕以養兄嫂。

工商管制

實施土地改革，平均地權，是王莽打擊地主階級，解決經濟問題，最直接、最根本的辦法。而工商管制則為打擊富賈階級，最有效的辦法之一，兩者相輔相成。

前漢時的工商業，經營規模都很大，有以開拓邊地致富者，《史記・貨殖列傳》記載：

塞之斥也，唯橋姚已致馬千匹，牛倍之，羊萬頭，粟以萬鍾計。

《漢書・敘傳》說：

始皇之末，班壹避墜於樓煩，致馬牛羊數千群。

有以權勢而致富者，如張禹家以田為業，及富貴，多買田至四百頃，皆涇、渭灌溉，極膏腴是也。有恃財力而致富者，商賈之兼併貧農是也。

權貴、富商、地主等豪強之中，以富商之力最爲雄厚；他們雖無爵邑之入、祿秩之奉，卻自有園田收養之給，利比於封君，故有「素封」之稱。《史記・平準書》說：

富商大賈或蹛財役貧，轉轂百數，廢居居邑，封君皆低首仰給。

漢初採抑商政策，限制賈人不得衣絲、乘車，異其禮數。如高帝八年（前一九九年）令「賈人毋得衣錦繡、綺穀、絺紵罽，操兵，乘騎馬」。又重其稅租，如武帝算舟車，商賈人軺車二算；哀帝時更定名田之法，賈人不得名田。重其徭役，所謂七科謫者：吏有罪、亡命、贅壻、賈人、故有市籍者、父母有市籍者、大父母有市籍者。其中賈人占第四位。絕其進仕之路，市井子孫不得宦爲吏。然此皆無濟於事，誠如晁錯所謂「法律賤商人，商人已富貴；尊農夫，農夫已貧賤」矣。

政府雖欲行輕重斂散之術，以抑豪強，然而所用者還是商賈，蓋渠等理財專家也。如武帝之用東郭咸陽、孔僅、桑弘羊；王莽之用薛子仲、張長叔、姓偉。我們固不能說此輩中無公忠體國之人，然如桑弘羊者，到底不多。其中還是圖自利者多，知利國利民者少，此漢武帝時所以民愁盜起，王莽時遂至不可收拾也。

當時貴勢之家，亦有兼事貿遷者，他們身寵位高，一面食厚祿，一面乘富貴之資與民爭利。如張安世貴為公侯，食邑萬戶，身著弋綈，夫人自紡績，家童七百人，皆有手技作事，內治產業，累積纖微。又貢禹曾欲令近臣自諸曹、侍中以上，家毋得私販賣與民爭利。

諺曰：「用貧求富，農不如工，工不如商。」漢代從事末業者，其利甚厚。《史記・貨殖列傳》載：

> 陸地牧馬二百蹄，牛蹄角千，千足羊，澤中千足彘，水居千石魚陂，山居千章之材。安邑千樹棗；燕、秦千樹栗；蜀、漢、江陵千樹橘；淮北、常山以南，河濟之間千樹萩；陳、夏千畝漆；齊、魯千畝桑麻；渭川千畝竹；及名國萬家之城，帶郭千畝，畝鍾之田，若千畝卮茜，千畦薑韭，此其人皆與千戶侯等。

通邑大都，酤一歲千釀，醯醬千瓨，漿千甔，屠牛羊彘千皮，販穀糶千鍾，薪稾千車，船長千丈，木千章，竹竿萬個，其軺車百乘，牛車千輛，木器髤者千枚，銅器千鈞，素木鐵器若卮茜千石，馬蹄躈千，牛千足，羊彘千雙，僮手指千，筋角丹沙千斤，其帛絮細布千鈞，文采千匹，榻布皮革千石，漆千斗，糱麴鹽豉千答，鮐鮆千斤，鯫千石，鮑千鈞，棗栗千石者三之，狐貂裘千皮，羔羊裘千石，旃席千具，佗果菜千鍾，子貸金錢千貫，節駔會，貪賈三之，廉賈五之，此亦比千乘之家。

商賈之與士大夫，雖然貴賤有別，然其交通王侯，卻能力過吏勢。如宛孔氏連騎交遊諸侯，有游閒公子之名。刀閒之奴，甚至連車騎交守相。再者，「富而驕」，乃人性之弱點，漢代富賈、權貴、地主，率多踰侈跋扈。仲長統認爲富賈：

館舍布於州郡，田畝連於方國。身無半通青綸之命，而竊三辰龍章之服。不為編戶一伍之長，而有千室名邑之役。榮樂過於封君，勢力侔於守令。財賂自營，犯法不坐。刺客死士，為之投命。至使弱力少智之子，被穿帷敗，寄死不斂；冤枉窮困，不敢自理。

貧富懸殊，鄉村慕末業之百利，故人口大量外移，集中城市；而無賴之徒則遊手好閒，作姦犯科；所謂民聚於鄉則治，聚於都則亂。王符說：

今舉俗捨本農趨商賈。牛馬車輿填塞道路。游手為巧，充盈都邑。務本者少，浮食者眾……今察洛陽：資末業者什於農夫；虛偽游手什於末業。是則一夫耕，百人食之；一婦桑，百人衣之。以一奉百，孰能供之？天下百郡千縣，市邑萬數，類皆如此。

於是奢侈之風盛行，而都邑遂爲罪惡之淵藪！

工商掛帥、功利第一的結果，風俗爲之大變，社會普遍瀰漫「笑貧不笑娼」的心理，「飾變詐僞姦軌者，自足乎一世之間；守道循理者，不免乎飢寒之患」。難道蒼天不疼好人，善無善報？大家都說「何以孝弟爲？財多而光榮。」不孝有三，無後爲大，揚親顯名，爲後人所景仰，才算是孝順。如何爲後人所景仰？財多即能爲人所景仰。大孝尊親，如何才能讓父母親感到尊榮，財多即能讓父母親感到尊榮。處處以「財」來衡量一個人之成就，是非完全被利益所混淆，《潛夫論．交際篇》說：

俗人之相與也：有利生親，積親生愛，積愛生是，積是生賢。情苟賢之，則不覺心之親之，口之譽之也。無利生疏，積疏生憎，積憎生非，積非生惡，情苟惡之，則不覺心之外之，口之毀之也。

是非混淆，道德淪喪，皆由於捨本逐末，貧富不均之故。

前漢豪強田連阡陌，且專川澤之利，管山林之饒，競肆攘奪的結果，貧農連最起碼的生活條件也不可得，更遑論生活。王莽遂針對時弊，大刀闊斧地加以改革，其措施是：

㈠改革賦稅：爲使稅負公平，乃擴大稅基，大量增收各行業營業稅，凡「諸取衆物：鳥獸、魚鱉、百蟲於山林水澤及畜牧者，嬪婦桑蠶、織紝、紡績、補縫，工匠、醫、巫、卜、祝及它方技、商販賈人，坐肆列里區謁舍」，皆得各自向所在縣府申報。扣除本錢外，核計其淨利，抽十一分之一的稅，名爲「貢」。若不申報，或申報不實的，則盡沒入其所得，並強迫替縣府工作一年。

如此一來，前述從事雜業者，皆能致富，如桓發以博戲致富，雍伯以販脂獲千金，張氏以賣漿獲致千萬，郅氏以灑削得鼎食，濁氏以賣胃脯而連騎，張里靠醫馬鍾食。這些都是工商業發達的社會百態，也是前古之儒者所未聞者，王莽之擴大稅基，使稅負更公平，其魄力、卓識，誠令人折服。

又爲要鼓勵農耕，及土地之有效利用，乃徵收空地稅，「凡由不耕爲不殖，出三夫之稅；城郭中宅不樹藝者爲不毛，出三夫之布。」又課及無業游民，「民浮游無事，出夫布一匹。」不能出布者，則強迫服勞役，由縣府供給衣食。

(二)國營事業：擴大國營事業的範圍，一方面打擊富賈，增加國家收入，再者可平抑物價，避免富賈之壟斷，加惠小民。

王莽於始建國二年（一○年），頒設「六筦」之制。所謂「六筦」，即六大類民生必需品之管制，包括鹽、鐵、酒、名山大澤、五均賒貸、鐵布銅冶。其中鹽、鐵、酒、名山大澤、銅冶，武帝時已受管制；五均則是武帝平準事業的擴大；貸現金予百姓，則是王莽所獨創。

漢武帝時，以東郭咸陽、孔僅爲大農丞，領鹽鐵事，咸陽、僅建議說：

山海，天地之藏也，皆宜屬少府，陛下不私，以屬大農佐賦。願募民自給費，因官器作煮鹽，官與牢盆……敢私鑄鐵器煮鹽者，釱左趾，沒入其器物。郡不出鐵者，置小鐵官，便屬在所縣。

其後桑弘羊爲治粟都尉，領大農事，繼管鹽鐵。

鹽鐵之爲用至廣，故所稅之數雖微，而國家已得巨款，又可防豪民之專擅，收歸官營，實爲良策，故輕重之家久提倡之。可是，其病亦多，卜式以爲縣官作鹽鐵，鐵器苦惡，價又貴，強令民買之，實不合理，應該廢除。昭帝時賢良文學之對，言其弊尤痛切；綜其弊：苦惡一也；縣官鼓鑄多爲大器，務求合乎國家所訂標準，不適民用，二也；善惡無所擇，三也；吏常不在，器難得，四也；鐵官賣器虧本，則加重賦稅，以補之，五也；卒徒作不合標準，常命百姓助之，發徵無限，百姓苦之，六也。賢良文學又說：

「以前鹽鐵民營時鹽與五穀同價，今鹽鐵官營，貧民或木耕、手耨、土耰、淡啖。官私營業，優劣相懸如此。」

鹽鐵雖有裨國計，而民之受其弊實深，王莽將它恢復，有其時代需要。

酒酤在當時獲利最薄，昭帝時，因來自地方的賢良文學反對，而罷除榷酤。王莽又恢復之，令官作酒：

以二千五百石為一均，率開一盧以賣，讎五十釀為準。一釀用麤米二斛，麴一斛，得成酒六斛六斗。各以其市月朔米麴三斛，並計其價而參分之，以其一為酒一斛之平。除米麴本價，計其利而什分之，以其七入官，其三及糟截灰炭，給工器薪樵之費。

而所謂五均賒貸，即五種民生必需品：絲、綿、布、帛、五穀的價格管制。王莽於長安及五都立五均官，長安東、西市令及洛陽、臨菑、成都、宛、邯鄲市長，皆改稱五均司市師。長安東市稱京，西市稱畿，洛陽稱中；餘四都各用東西南北稱。皆置交易丞五人，錢府丞一人。工商能採金、銀、銅、連錫，登龜取貝者，皆自占司市、錢府，順時氣而取之。諸司常以四季的中間一月，訂立物品上中下價格，爲市平，做爲各地物價之參考，乃一商品行情之資訊管理。

市民擁有以上五種貨物，而無法售出的，均官考驗其實，用本價收購之。若市面上物稀，價格昂貴過市平一錢，則以平價賣給百姓，以免商賈哄抬物價；若物價低於平，則聽任百姓自由買賣。如此可兼顧生產者與消費者的利益，不受物價劇烈波動的痛苦。

漢武帝的平準事業，貴賣賤買，目的在於贏利；而王莽的五均措施，則在維持一定的物價水平，使生產者、消費者同蒙其利，並防止商人的囤積居奇，其境界不可同日而語。惟治平之官頗有威儀，其執行又決定一個政策的成敗。古謂「有治人，無治法」，再好的法律，也需要好人來執行，否則，姦歹鑽法律漏洞，則良法也將成為惡法！可見人的因素非常重要。若上有良法，而下吏與豪強勾結，造成執行偏差，則良法亦成擾民之惡法。這正是王莽所擔心卻不幸成為事實的事。

賒貸事業，前漢已有，官家常貸給百姓種、食、牛隻，而從來又常免其還債。如文帝二年（前一七八年），開籍田，詔「貸種食未入、入未備者，皆赦之」。昭帝元鳳三年（前七八年），詔「三年以前所振貸，非丞相御史所請，邊郡受牛者勿收責」。又有連逃租一併減免者，如武帝元封元年（前一一〇年），詔謂「民田租逋賦貸，已除」。官家亦貸民以田，宣帝地節三年（前六七年），詔「流民還歸者，假公田，貸種、食，且勿算事」。元帝永光元年（前四三年），詔「其赦天下，令厲精自新，各務農畝。無田者皆假之，貸種、食如貧民」。又鼓勵官吏、豪富賑貸貧民，如武帝元狩三年（前一二〇年），「遣謁者勸有水災郡種宿麥，舉吏民能假貸貧民者以名聞」。宣帝本始四年（前七〇年），詔「丞相以下至都官令丞，上書入穀，輸長安倉，助貸貧民。民以車船載穀入關者，得毋用傳。」《漢書・食貨志》亦載：

募豪富人相假貸。

借助貴富之家，以賑恤貧民，構想雖佳，卻難普遍，而務邀倍稱之息者，日有所聞。流弊於此可見。

至於貸現金給百姓，惟民間有之。營此業者，以商賈為多。商賈又常與權貴勾結，如羅裒致錢千餘萬，舉其半賄賂曲陽定陵侯，依其勢力，賒貸郡國，沒有人敢賴帳。官家也有從事此業者，如掖庭獄為人起債，而分利受謝。權貴也有自為之者，如旁光侯殷於元鼎元年（前一一六年），因放高利貸被免爵。

政府不貸現金給百姓，私人錢莊則大放高利貸，百姓被剝削，無以自存。王莽為拯時弊，乃行賒貸之政，以取代民間之高利貸。凡人民有祭祀、喪葬，而無力辦治者，可向政府貸款，不取利息。還款期限，祭祀十天，喪事三個月爲限。又百姓生活困苦，想要創業者，均可向政府貸款；扣除本錢，以淨利計算利息，每年向政府納息十分之一。由淨利中繳納十分之一爲利息，比起當時通行的十二利率，實在輕了許多。

王莽直接貸現金給百姓，曠古所無；而其創業貸款，亦屬空前。他的公辦貸款兼具經濟及社會福利作用，値得肯定。

此外，王莽之「六筦」政策對豪富打擊頗大，惟下吏與豪富狼狽爲奸的結果：府藏不實，百姓愈疾。莽知民苦之，乃下詔：

> 夫鹽，食肴之將；酒，百藥之長，嘉會之好；鐵，田農之本；名山大澤，饒衍之臧；五均賒貸，百姓所取平，卬以給澹；鐵布銅冶，通行有無，備民用也。此六者，非編戶齊民所能家作，必卬於市，雖貴數倍，不得不買。豪民富賈，即要貧弱，先聖知其然也，故斡之。每一斡為設科條防禁，犯者罪至死。

王莽重申六筦之重要性，而密其法，然則姦吏猾民並侵，法愈密，而民愈困。

王莽行六筦，將重要民生工業歸諸官營；以穩定市場經濟並保護中小階層，可謂體大思精，然其不能行也令人徒呼負負了。地皇二年（二一年），公孫祿言六筦之害，王莽頗採其意，於地皇三年（二二年）下書：

惟民困乏，雖溥開諸倉以賑贍之，猶恐未足。其且開天下山澤之防，諸能采取山澤之物而順月令者，其恣聽之，勿令出稅。至地皇三十年如故。

王莽為紓民困，避免奸猾商賈之痶民，而解山澤之禁，然而真正獲益的，恐未必是困苦難度日的小民，足見姦吏猾賈之自私難纏。

貨幣改革

王莽的貨幣改革最為紊亂，最為人不可諒解。這一切都可歸咎於王莽復古思想作祟。古代行衆幣制，故王莽改革乃趨於衆幣，然事與時違，終至擾民，而成大敗筆。

貨幣為人類經濟活動中，極其重要的一環，影響百姓生計至鉅。秦漢時代，亦常爲其所困，於眾幣、法幣之間舉棋不定。然而秦漢在經濟行爲中，已慢慢學習摸索出一套經濟法則。

例如秦時已偏重金銅之使用，《漢書．食貨志》載：

秦兼天下，幣為二等：黃金以溢為名，上幣；銅錢質如周錢，文曰「半兩」，重如其文。而珠玉龜貝銀錫之屬為器飾寶藏，不為幣，然各隨時而輕重無常。

不爲幣，謂國家不以之爲法幣；隨時而輕重無常，則說民間仍通用之也。國家偏重金銅，必由民間先偏重金銅之故；在各種用爲交易的物品中金屬漸翹然獨異！漢初准百姓鑄錢，以致錢多而輕，物價騰躍。《漢書．食貨志》說：

漢興，以為秦錢重難用，更令民鑄莢錢，黃金一斤。而不軌逐利之民畜積餘贏以稽市物，痛騰躍，米至石萬錢，馬至匹百金。

高后紀二年（前一八六年），行八銖錢，應劭謂即秦半兩。六年（前一八二年）行五分錢，應劭謂即莢錢。文帝五年（前一七五年），更造四銖錢，其文爲半兩，應劭謂此爲民間半兩最輕小者。而自隋以前所鑄錢皆曰五銖。上述八銖、四銖皆曰半兩，大抵也是此因。然而，古代以二十四銖爲一兩，秦半兩應即重十二銖，若如應劭所說秦半兩即重八銖，則漢志不應云「重如其文」。或應劭時秦錢已不可見，故漢八銖即秦半兩。

漢初無私鑄之禁，文帝五年除盜鑄令，則未知其令起於何時。自此令除，而錢法大亂。賈誼曾進諫說：

> 法使天下公得顧租鑄銅錫為錢，敢雜以鉛鐵為它巧者，其罪黥。然鑄錢之情，非殽雜為巧，則不可得贏；而殽之甚微，為利甚厚……今令細民人操造幣之勢，各隱屏而鑄作，因欲禁其厚利微姦，雖黥罪日報，其勢不止。乃者，民人抵罪，多者一縣百數，及吏之所疑，榜笞奔走者甚眾。夫懸法以誘民，使入陷阱，孰積於此……為法若此，上何賴焉？又民用錢，郡縣不同：或用輕錢，百加若干；或用重錢，平稱不受。法錢不立，吏急而壹之虖，則

大為煩苛，而力不能勝；縱而弗呵虖，則市肆異用，錢文大亂。

鼂錯對策，但稱除盜鑄令，爲文帝之德政；當時私鑄之罪爲大辟，鼂錯蓋以爲盜鑄令除，則民可全，而不知其所損者實大也。

其時，吳王濞在章郡銅山鑄錢，山東奸猾咸聚吳國。文帝賜鄧通以蜀嚴道（今四川滎經縣）銅山，得自鑄，秦、雍、漢蜀皆因鄧氏。吳、鄧錢布天下，此亦開兼併之端。賈山諫除鑄錢令，切言變先帝之法之不當：

錢者，無用器也，而可以易富貴。富貴者，人主之操柄也，令民為之，是與人主共操柄，不可長也。

景帝中六年（前一四四年），乃定鑄錢、僞黃金棄市律。武帝建元元年（前一四〇年），行三銖錢。五年（前一三六年），罷三銖錢，行半兩錢。元狩四年（前一一九年）行皮幣、白金。以白鹿皮方尺，緣以藻績爲皮幣，值四十萬。雜鑄銀錫爲白金，有三品：其一曰重八兩，圜之，其文龍，名「白撰」，值三千；二百以重差小，方之，其文為馬，值五百；三曰復小，橢之，其文龜，值三百。五年（前一一八年），罷半兩錢，行五銖錢。又令京師鑄官赤側。其後白金、赤側皆廢，悉禁郡國鑄錢，專令上林三官鑄，幣制乃稍定。又錢既多，更令天下非三官錢不得行；諸郡國前所鑄錢皆廢銷之，輸其銅三官。如此，因無利可圖，民之鑄錢者漸漸減少；只有技術巧妙的犬姦，還在繼續盜鑄。

武帝之貨幣政策，漸與經濟學原理吻合，故錢法自此漸定；惟圜法尚未大定，民之受其害者，不可勝言。《鹽鐵論．錯幣篇》說：

> 惟古幣眾財通而民樂。其後消去舊幣，更行白金龜龍，幣數易而民益疑。於是廢天下諸錢，而專命水衡二官作。吏近侵利，或不中式，而有薄厚輕重。農人不習，物類比之，信故疑新，不知姦真，疑惑滋甚。

是時集中貨幣發行權和統一法幣，終使金融漸趨穩定，而五銖遂為最得民信錢幣。

錢幣者，物價之度量衡也。度量衡可一不可二，幣亦然，由衆幣進化至法幣，勢也。故古代雖各物並用，秦漢間遂專重金銅。然事變之來，每非其時之人所能理解。不能理解，遂欲逆之而行。晁錯說：

珠玉金銀，飢不可食，寒不可衣，然而眾貴之者，以上用故也。其為物輕微易藏，可以遊海內而無飢寒之患。此令臣輕背其主，而民易去其鄉，盜賊有所勸，而亡者得輕資也。粟米布帛生於地，長於時，聚於力，非可一日成；數石米之重，中人弗勝，不為姦邪所利，但一日弗得而飢寒至矣。是故明君貴五穀而賤金玉。

是故景帝後三年（前一四一年）詔：

農，天下之本也。黃金珠玉，飢不可食，寒不可衣，以為幣用，不識其終始，間歲或不登，意為末者眾，農民寡也。其令郡國務勸農桑，益種樹，可得衣食物。吏發民若取庸采黃金珠玉者，坐贓為盜。二千石聽者，與同罪。

昭帝元鳳二年（前七九年）、六年（前七五年），下詔三輔、太常，郡得以菽粟等實物當賦。貢禹諫元帝：

> 鑄錢采銅，一歲十萬人不耕，民坐盜鑄陷刑者多。富人臧錢滿室，猶無厭足。民心動搖，棄本逐末……姦邪不可禁，原起於錢……宜罷采珠玉金銀鑄錢之官，毋復以為幣，除其販賣租銖之律，租稅祿賜皆以布帛及穀，使百姓一意農桑。

穀、帛，實也；金、玉，虛也，紙幣，則更虛也。武帝行五銖錢，雖已具法幣雛形，然學者以爲姦邪之生起於錢，廢錢則天下安。於是衆幣之說不輟。

王莽仰慕古代衆幣財通而民衆的境界，因而欲行古之衆幣制。居攝二年（七年）五月，以周錢有子母相權，乃更造大錢，徑寸二分，重十二銖，文曰「大錢五十」。又造契刀、錯刀。契刀，其環如大錢，身形如刀，長二寸，文曰「契刀五百」。錯刀，以黃金錯其文，曰「一刀直五千」。與五銖錢並行，凡四品。莽即眞位後，以「劉」字，上有卯，下有金，旁又有刀；乃罷錯刀、契刀、五銖錢；並罷剛卯。更作小錢，徑六分，重一銖，文曰「小錢直一」，與前「大錢五十」並行，凡二品。又爲防民盜鑄，禁民不得挾銅炭。

始建國二年（一〇年），更作金、銀、龜、貝、小錢、布之品，名曰「寶貨」。

金：一品，黃金重一斤，值錢萬。此「黃金」乃眞金；而「金」，則銅也。

銀：二品，朱提（犍爲郡朱提縣，今四川宜賓縣西南）銀重八兩爲一流，值一千五百八十。它銀一流，值千。

龜：四品，元龜岠冉（冉，龜甲緣）長尺二寸，值二千一百六十，等於大貝十朋。公龜九寸，值五百，等於壯貝十朋。侯龜七寸以上，值三百，等於幺貝十朋。子龜五寸以上，值百，等於小貝十朋。

貝：五品，大貝四寸八分以上，二枚爲一朋，值二百一十六。壯貝三寸六分以上，二枚爲一朋，值五十。幺貝二寸四分以上，二枚爲一朋，值三十。小貝寸二分以上，二枚爲一朋，值十。不盈寸二分，漏度不得爲朋，率枚值錢三。

錢：六品，因前大錢，徑寸二分，重十二銖，值五十，文曰「大錢五十」。壯錢，徑一寸，重九銖，值四十，文曰「壯錢四十」。中錢，徑九分，重七銖，值三十，文曰「中錢三十」。幼錢，徑八分，重五銖，值二十，文曰「幼錢二十」。幺錢，徑七分，重三銖，值十，文曰「幺錢一十」。小錢，徑六分，重一銖，值一，文曰「小錢直一」。

布：十品，布亦錢，取其「分布流行」之義。大布長二寸四分，重一兩（二十四銖），值一千。次布長二寸三分重二十三銖，值九百，文曰「次布九百」。弟布長二寸二分，重二十二銖，值八百，文曰「弟布八百」。壯布長二寸一分，重二十一銖，值七百，文曰「壯布七百」。中布長二寸，重二十銖，值六百，文曰「中布六百」。差布長一寸九分，重十九銖，值五百，文曰「差布五百」。厚布長一寸八分，重十八銖，值四百，文曰「厚布四百」。幼布長一寸七分，重十七銖，值三百，文曰「幼布三百」。幺布長一寸六分，重十六銖，值二百，文曰「幺布二百」。小布長一寸五分，重十五銖，值一百，文曰「小布一百」。

王莽之鑄錢布，皆用連錫、銅雜鑄而成，其文質周郭皆仿照漢五銖錢。爲保證貨幣之品質，規定凡金銀與他物雜混，色不純好，龜不盈五寸，貝不盈六分，皆不得爲寶貨。又元龜以古蔡國出者最善，民衆不應私藏，由政府收購之。

王莽的貨幣改革，錢布值各如其文，一看便知，尙爲稱便，但不識字者，誠爲苦事。終因名目繁多，弄得百姓莫名其妙，無法流通，百姓暗中仍以五銖錢交易。莽知民愁，故收回龜、貝、布等類通貨，只行「小錢直一」與「大錢五十」。然小錢重一銖值一，大錢重十二銖值五十，錢重與面額相差懸殊，盜鑄者熔十二枚小錢，即可鑄一大錢，故防不勝防。王莽不得已，乃罷大、小錢，改行貨布、貨泉。貨布，長二寸五分，廣一寸；首長八分有奇，廣八分，其圜好（孔）徑二分半；足枝長八分，間廣二分，其文右曰「貨」，左曰「布」，重二十五銖，值當貨泉二十五枚。貨泉，徑一寸，重五銖，文右曰「貨」，左曰「泉」，枚值一。又以大錢行久，罷之，恐民不便，乃令民得挾大錢，但枚值一，六年後則不得再使用。

貨布與貨泉的重量、面額不成比例，盜鑄者紛紛將五枚貨泉鎔鑄成一枚貨布。王莽雖一再想以法令來貫徹貨幣政策之執行，惟犯者愈衆，以致農商失業，食貨俱廢，民人涕泣於市道。

人類的經濟活動，久藉貿易以行，貿易既興，生之爲之者，皆非欲食之用之，而欲持以與人交易，故農工實唯商之馬首是瞻。商業敗壞，農工亦無所適從。交易之行，必資錢幣，王莽之幣制，紊亂而不合經濟學理；商業既敗，農工隨之，黎民不得安生，以致敗亡。

王莽雖敗，但衆幣之說，實物之論，並不因此銷聲匿跡。如後漢章帝時，張林言穀所以貴，由錢賤故也。可盡封錢，一取布帛爲租。大體言之，法幣制下經濟出了問題，大家便想到衆幣制的優點。然而，誠如桓帝時劉陶所謂：

「當今之憂，不在於貨，在乎民飢。」

劉陶之言頗有見地。

王莽的幣制改革雖然失敗，但其於用財，確有其制度。如平帝元始三年（三年）：奏車服制度，吏民養生，送終、嫁娶、奴婢、田宅、器械之品。天鳳三年（一六年），下吏祿制度：

> 四輔公卿大夫士，下至輿僚，凡十五等。僚祿一歲六十六斛，稍以差增，上至四輔而為萬斛云。

又令：

> 天下有災害，則損祿、損膳；歲豐，則祿、膳備焉，與百姓同憂喜。

王莽希望上下同心，勸進農業，以安貧困，是可以瞭解的。生之者衆，必兼食之者寡；爲之者疾，必兼用之者舒，而後其義始備。否則食用無論如何充裕，必仍不足。而所謂足不足，本難以物言，而多由於欲。好奢之人恣意妄行，而衆人慕效之，縱欲相逐，生之者雖衆，爲之者雖疾，安能及之？所以說不知足，姦之始也。人之所以快樂，並不在於他擁有的多，而是在於他計較的少。「創業唯艱，守成不易」，但務生之爲之之多，而不求食之用之之節，月入百萬，卻月出千萬，便永遠不足！王莽可謂頗知其義。

七、新朝新政㈢——禁止買賣奴婢

奴婢來源

王莽宅心仁厚，時刻留意社會問題，其社會政策，除不定時獻田、錢，以賑濟飢民；賜天下鰥寡孤獨，以及老年人布帛，以示體恤外，又在長安建築住宅兩百所，供貧民居住，這可說是我國最早、規模最大的國民住宅。又舉辦貸款事業，以紓民困，助民創業，凡此皆為良好的社會政策。而其主要目的乃在建立一個有秩序的社會，凡吏民養生、送終、嫁娶、田宅、器械、車服、器用，皆訂制度，不得僭濫。目的是恢復周代貴賤有序、男女有別的社會，透過有秩序的社會，進而使國富民樂。

而王莽最有魄力的社會政策，是基於人道主義立場，禁止買賣奴婢。

中國自戰國以來就有奴婢，有官奴婢，有私奴婢。其主要來源有五：

㈠俘虜：秦末，革命起，秦軍降諸侯，諸侯吏卒挾著戰勝的餘威，多奴虜虐待之。及項羽屠咸陽，收其寶貨婦女而東；又破田榮，皆阬榮降卒，繫虜老弱婦女。此戰時所虜。

《漢書・欒布傳》謂欒布爲人所掠賣，爲奴於燕。孝文竇皇后弟廣國，年僅四、五歲，爲人所掠賣。成帝鴻嘉三年（前一八年），蒲侯蘇夷吾，坐婢自贖爲民，又掠以爲婢，被免爵。此皆平時豪家仗勢掠賣貧苦百姓，實爲罪大惡極。

㈡罪犯：古代之罪隸，是由罪犯降爲奴隸，或罪犯被戮，其家屬都沒爲奴隸。如吳楚七國之亂，叛變者的家屬，都沒爲奴婢；又如緹縈爲其父贖罪，上書皇帝，願入爲官奴婢等。因罪而沒爲官奴婢，是對於罪犯的親屬所設之刑。即所謂「收孥相坐」，這種收孥相坐之法，大半用於重大罪犯，因此沒入爲官奴婢者，不限於平民，也有貴族官僚的家屬。

又官奴婢，亦可因賣賜或鬻賣，而變爲私奴婢。如漢武帝賜異母姊脩成君奴婢三百人；傅太后使謁者買諸官婢，賤取之，復取執金吾官婢八人即爲一例。

㈢鬻賣：貧弱之民，無以生存，而自賣爲豪家奴婢，這是私奴婢的主要來源。漢甫建國，戰亂之後，民失作業，又大饑饉。米至石五千，人相食，死者過半。高祖乃令民得賣子。又令民以飢寒自賣爲人奴婢者，皆免爲庶人。

雖然買賣人口是犯法的，但這些原本有田有宅的小農，因爲年歲饑饉，又加上租稅的負擔、高利貸的盤剝，日暮途窮之際，不得已變賣田宅；更下者，則又賣兒賣女，乃至自賣爲奴者，比比皆是。賈誼便曾說當時年饑，買賣人口是稀鬆平常的事。

㈣贅子：贅，質也。小農於年歲不登，乃暫將子女抵押於豪家，以換得衣食。後因無力贖回，子女遂爲奴婢。

㈤奴產子：奴婢之子亦仍爲奴婢。《漢書・陳勝傳》：

秦令少府章邯免驪山徒、人奴產子，悉發以擊楚軍。

人奴產子，注引服虔說：

家人之產奴也。

顏師古注曰：

奴產子，猶今人云家生奴也。

即民間奴婢之子。又如衛青的母親出身奴婢，衛青就是個不折不扣的奴產子。由於此種奴產子身分，他的異母兄弟都賤視他，不把他當兄弟看。衛青也強自隱忍，以爲「人奴所生，得無笞罵即足矣！」

揚雄曾記：

海岱之間，罵奴曰臧，罵婢曰獲。燕之北郊，民而婿婢，謂之臧；女而歸奴，謂之獲。

則良人與奴婢相配，亦視如奴婢矣！至於官奴婢之子，亦仍爲奴婢。鍾繇說：

漢律，罪人妻子，沒為奴婢，黥面，今真奴婢，祖先有罪，雖歷百世，猶黥面供官。

封建中的奴婢

前漢雖有奴婢，但是前漢社會卻不是一個奴隸制度的社會；前漢的政權，也不是一個奴隸所主的政權。因爲奴隸而稱曰制度，是指「奴隸」已成爲一種獨特的社會結構而言；前漢的奴婢，僅僅是封建地主階級的附屬品，算不上成爲制度的。這可由奴婢之來源、用途、數目、身分等方面來加以探討。

㈠來源：作爲一種奴隸制度，則奴隸的主要來源是被俘虜或被征服的異族人。前漢的奴婢來源，第一種就是來自俘掠異族，但這個來源並不重要。

前漢的對外戰爭，最主要的對象是匈奴，但據《漢書．匈奴傳》的記載，漢兵對匈奴，多半都是加以殺戮的。雖然也有俘虜若干的記載，但對於這些被俘虜的匈奴人，不但不降爲奴隸，而且還給以優渥的待遇。武帝時，匈奴渾邪王率其族類數萬人來降，漢廷待之如上賓，派了三萬輛車子迎接，又加以厚賞。經費不足，武帝還把自己拖車的馬也讓出來，去迎接匈奴降人；並把自己御府的私藏，也用爲安撫匈奴降人的經費。又中國商人，因爲與匈奴降人貿易不公平，而被罰者五百餘人。這些事情在奴隸社會時代，是絕對不會發生的事，汲黯上奏武帝：

夫匈奴攻當路塞，絕和親，中國舉兵誅之，死傷不可勝計，而費以鉅萬百數。臣愚以為陛下得胡人，皆以為奴婢，賜從軍死者家；鹵獲，因與之，以謝天下，塞百姓之心。今縱不能，渾邪帥數萬之眾來，虛府庫賞賜，發良民侍養，若奉驕子。愚民安知市買長安中，而文吏繩以為闌出財物如邊關乎？陛下縱不能得匈奴之贏以謝天下，又以微文殺無知者五百餘人，臣竊為陛下弗取也。

汲黯這番話，正是前漢不以俘虜爲奴隸的旁證。

對於被征服的西域諸國，漢代也無掠取俘虜爲奴隸之事。惟《漢書．地理志》載：

巴、蜀、廣漢……南賈滇、僰僮。

顏師古注云：

言滇、僰之地，多出僮隸也。

呂思勉先生以爲即販賣外國人口。翦伯贊先生則以爲，南賈滇、僰僮的解釋，不是買賣滇僮、僰僮，而是與滇僮、僰僮互爲買賣，正如「賈椎髻之民」，是同樣的意義，並非取滇、僰之人爲奴婢。即有亦爲買賣行爲，而非俘掠也。《漢書・匈奴傳》亦載：

西羌保塞與漢人交易，吏民貪利，侵盜其畜產妻子。

所謂侵盜其妻子，乃指對土著之人格的侮辱，並非奴役其族。又《漢書・揚雄傳》載：

上將大誇胡人以多禽獸，秋，命右扶風發民入南山，西自褒斜，東至弘農，南毆漢中，張羅罔罝罘，捕熊羆豪豬虎豹狖玃狐菟麋鹿，載以檻車，輸長楊射熊館。以罔為周阹，縱禽獸其中，令胡人手搏之，自取其獲，上親臨觀焉。

此頗似羅馬帝國時代，奴隸與猛獸格鬥的情形。但這種手搏猛獸的胡人，和其他被徵發入南山的人民，同樣只是封建皇帝的獵士，與奴隸絲毫不相干。

又《漢書・金日磾傳》：

日磾以父不降見殺，與母閼氏、弟倫俱沒入官，輸黃門養馬。

金日磾，本匈奴休屠王太子。其父因不降漢廷而被殺，他與母親、弟弟都被沒入爲官奴婢。此乃以罪犯家屬沒入爲官奴婢，而不是以異族爲奴隸。

第二種是罪犯，罪犯之妻孥沒入爲官奴婢，不僅平民，貴族官僚之家屬皆如是。在奴隸制度時代，貴族家屬是絕不會以任何原因被降爲奴隸的。

第三種鬻賣，是農民因貧困飢餓而自賣爲奴婢，這與由異族轉化而來的奴隸，其性質是截然不同的。

第四種由「贅子」轉化而來的奴婢，其本質也是破產的農民。

第五種奴產子。前漢的奴婢，是可以脫離奴籍，而變爲王公貴族的。衛青是個奴產子，後來竟官至大將軍，娶陽信長公主，成爲漢武帝的姊夫。他的同母姊君孺、少兒、子夫，也都是奴產子；君孺後爲太僕公孫賀妻，少兒爲詹事陳掌（陳平曾孫）妻，子夫則爲漢武帝之皇后。又如趙飛燕本陽阿公主家歌婢，後爲成帝皇后。漢代奴婢身分具有可變性，奴婢、奴產子，未必一輩子永無翻身之日，這在奴隸制度時代是沒有的。

㈡用途：在奴隸制社會中，奴隸在生產領域占有最重要的地位。奴隸是社會生產的主要擔當者，而前漢，無論官私奴婢，在社會生產領域中，都不占重要地位，他們主要的職務，是服務於貴族官僚和地主的家庭。只是中國封建社會的奢侈品而已。

前漢的官奴婢，其用途大半爲宮廷侍役及分發各苑囿豢養狗馬禽獸。漢廷苑囿三十六所，分布北邊、西邊，以郎爲苑監，官奴婢有三萬人，養馬三十萬匹。又當時官奴婢，有用以轉運漕糧者，亦有於緊急時編爲軍隊者，如王莽時之豬突豬勇。一般而言，當時的官奴婢，並沒有參加社會主要的生產，反而成爲國家的重負。貢禹說：

諸官奴婢十萬餘人，戲遊無事，稅良民以給之，歲費五六鉅萬。

據此，則前漢官奴婢，多不事生產。

至於私奴婢之用途，漢人常謂「耕當問奴，織當問婢」。但絕大多數則爲家庭的賤役。據王褒〈僮約〉所說，當時私奴婢的服役，不過是晨起早餐，食畢洗滌，居當穿臼、縛帚。舍中有客，則提壺行酒，汲水作脯，滌杯整案，園中拔蒜，斷蘇切脯，以及關門塞竇，餵豬縱犬等。

前漢私奴婢也有被用於從事生產事業的，如刀閒以桀黠奴逐漁鹽、商賈之利；張安世家僮七百人，皆有手技作業。然而漢代主要的生產者，還是自由農民與手工業者。也就是說，前漢的奴婢，不是生產的奴隸，因而前漢的社會，不可算是奴隸社會。

㈢數目：對奴隸制度而言，「奴隸」是社會結構中最主要的階層。除了極少數的奴隸主與自由民之外，其餘都是奴隸。例如在古代雅典，奴隸制度的全盛時代，所有的自由民，連女子及兒童在內，總數爲九萬人；而男女奴隸爲三十六萬五千人，另有保護民（外國人及被解放的奴隸）四萬五千人。因此一個成年的男自由民，至少有十八個奴隸和兩個以上的保護民。古代雅典的奴隸制，是人類史上最典型的奴隸制，既稱奴隸制，則當作社會生產主要擔當者的奴隸，絕不應少於依靠奴隸勞動維生的奴隸所有者和自由民，這是不言可喻的。

前漢的奴婢數目，似有與時俱增的情形，例如傳說張良家僮三百人，陸賈奴婢百人，張安世家僮七百人，卓王孫僮客八百人，王孫分與文君僮百人，這在當時人民的眼中，已經是很大的數目，故書之史冊，傳爲盛事。至若漢世貴戚，王氏五侯的僮奴以千百數，王商的私奴以千數，史丹僮奴以千數。大遭社會詬罵，視爲不應有的現象。以上諸人都是前漢的達官顯宦、豪富貴族；其他豪強的奴婢，當然不能有如此龐大的數目。但是這些達官顯宦、豪富貴族等豪強階級，在整個人口總數的比例上，是最小的；因而即使這些豪強擁有成千成百的奴婢，其總數也不會很多。

有人認爲漢武帝有一次派遣官吏到郡國察訪豪富逃漏緡錢（財產稅）時，一次沒收的奴婢，即「以千萬數」，可見前漢的奴婢有幾千萬。然而，所謂「以千萬數」，與「以千百數」是同樣的意義，武帝所沒收的奴婢，不是幾千萬，而是幾千幾萬。據此，當時私奴婢的概數，至多不過十餘萬人。至於官奴婢，貢禹說前漢的官奴婢十餘萬人，這是史籍上最多的數字記載。兩者合計，不過三十萬人左右，即使再加一倍，也不過六十萬人。而前漢的人口總數則爲五九、五九四、九七八人。因此當時奴婢不過占人口總數百分之一；換言之，前漢平均每百人才有一個奴婢。

又照奴隸社會的規矩，這一百個人都是不勞動的貴族和自由民，他們都是倚靠奴隸勞動來供給生活所需。惟據《漢書．食貨志》所載，前漢時的生產力，每人每年只能生產糧食三十石，而每人每年要吃十八石。如此，則一個人除養活自己以外，只剩十二石，不能再養活另一個人。如果一個奴隸要養活一百個主人，即使把這個奴隸剝削至死，也是枉然，從這一點上，又可看出前漢雖有奴婢，卻不是奴隸制度。

㈣身分：在奴隸制度下，奴隸和牛馬一樣，只是一種會說話的畜生，他們完全沒有人格，絲毫不受法律的保障。雖然前漢有「置奴婢之市，與牛馬同欄」之例，但前漢的奴婢，在法律上，也受相當保護的。當時的貴族官僚如果私殺奴婢，是要受法律制裁的。例如繆王元以奴婢十六人陪葬，被劾以「賊殺奴婢」之罪，而受到「不宜立嗣」的處分；又如武帝時邵侯順，因殺人及奴十六人，而被免爵；宣帝時丞相魏相，家有婢自絞死，京兆尹趙廣漢率吏到丞相府查勘，將丞相夫人收押，令其跪於庭下，問其殺婢之罪；又如王莽之子獲，因爲殺了一個奴婢，王莽遂令王獲自殺；王莽孫女妨，也因咒詛其姑，殺婢滅口，事被發覺，莽令自殺抵罪。這些具體的史實，足以證明當時奴婢的生命，還是有著相當的法律保障，這在奴隸制度時代，是絕對沒有的。

又前漢的奴婢，其身分具有可變性，官奴婢可由「特赦」、私奴婢可由「自贖」，而獲得解放；因爲他們大半都是由罪犯與自賣而來的。由罪犯而來者，赦而免之；由自賣而來者，贖而還之。特赦者，如高祖五年（前二〇二年），詔以飢餓自賣爲奴婢者，免爲庶人。文帝後四年（前一六〇年），赦天下，免官奴婢爲庶人。又定律：

罪人獄已決，完為城旦、舂，滿三歲為鬼薪、白粲。鬼薪、白粲一歲，為隸臣、妾。隸臣、妾一歲，免為庶人。

此則隸臣、隸妾有一定之年限。武帝建元元年（前一四〇年），赦免因吳楚七國叛變而緣坐的奴婢，使復爲庶人。哀帝即位，詔官奴婢五十歲以上者，免爲庶人。自贖者，則大半進行於私人之間，如成帝鴻嘉三年（前一八年），蒲侯蘇夷吾，曾有一婢自贖爲民，後蘇夷吾復掠以爲婢，因此被免爵。特赦、自贖，這在奴隸制度社會是絕對沒有的，奴隸主政府絕不會以命令赦免奴隸，使其成爲自由民；同樣，奴隸也絕不會有私蓄，用以贖回自己的自由。

總之，我們可以斷言，前漢雖有奴婢，但並沒有形成一種制度。前漢的奴婢，不是從民族社會解體而來的奴隸，而是在殘酷封建壓榨下的破產農民，這些農民被剝奪了一切，最後連自己身體也不保，成爲奴婢。

禁令頻下

前漢的奴婢，除官奴婢因罪而沒入者外，私奴婢乃一群無告的貧弱百姓，政府理當矜恤照顧。然而漢政府非但不以奴婢問題爲恥，反而極力參與奴婢之買賣。例如晁錯曾說文帝徙民塞下，「其無夫或妻者，縣官買予之。」足證官府買賣人口，由來已久。又向人民徵奴婢，凡民入奴婢，得以贖罪，或拜爵、或免其賦稅。又武帝治郡國緡錢，沒入豪家奴婢幾千幾萬，此則直把奴婢視同財產矣。

前漢豪民待奴婢頗虐。例如：竇安國爲人掠賣，至宜陽，爲主人入山作炭，時天氣嚴寒，臥岸下者百餘人；岸崩，臥岸下者盡被壓死。可見主人虐待奴婢，置其生死於不顧之一斑。又漢邊境奴婢生活極苦，多有逃亡匈奴者；又被私殺者，恐亦不少。董仲舒曾諫武帝「去奴婢，除專殺之威」。可惜不能實行。

王莽頗知當時社會動亂，最根本的癥結是商人地主之土地兼併。由於商人地主之兼併，失掉土地的農人，遂轉化爲奴婢。他們常是被掠賣，而不是自賣，所謂「自賣其名，劫掠其實」。王莽以爲：

強者規田以千數，弱者曾無立錐之居。又置奴婢之市，與牛馬同欄，制於民臣，顓斷其命。姦虐之人因緣為利，至略賣人妻子，逆天心，誖人論，繆於「天地之性人為貴」之義。

王莽具有先儒「人類平等」的觀念，而對奴婢的牛馬其生，與主人的專斷其命，深植同情與不平，乃令奴婢爲「私屬」，不得買賣，亦不得專殺。又寓禁於徵，下令有奴婢的人，一律一口出錢三千六百，相當於普通人的三十倍。

王莽的奴婢政策，史載甚少，但光武帝卻可能受到影響，在登基後接連幾次頒布相關詔令；後漢光武帝建武十一年（三五年）二月，詔：

天地之性人為貴，其殺奴婢，不得減罪。

八月，詔：

敢炙灼奴婢，論如律，免所炙灼者為庶人。

十月，詔：

除奴婢射傷人棄市律。

這些或許都是王莽奴婢政策的一部分，而被光武帝採用的。

除上述詔令外，建武二年（二六年）五月，詔：

民有嫁妻賣子欲歸父母者，恣聽之。敢拘執，論如律。

六年（三〇年）十一月，詔：

王莽時吏人沒入為奴婢不應舊法者，皆免為庶人。

七年（三一年）五月，詔：

吏人遭飢亂及為青、徐賊所略為奴婢下妻，欲去留者，恣聽之。敢拘制不還，以賣人法從事。

十三年（三七年）十二月，詔：

益州民自八年以來被略為奴婢者，皆一切免為庶人；或依託為人下妻，欲去者，恣聽之；敢拘留者，比青、徐二州以略人法從事。

十四年（三八年）十二月，詔：

益、涼二州奴婢，自八年以來自訟在所官，一切免為庶人，賣者無還直。

光武立意雖佳，然而到底收到多少效果，則很難得知。莽之法不行，光武亦無力挽回，蓄奴、虐奴如故。光武帝之母舅家——南陽樊氏，家僮千人，閉門成市，操戈爲兵，一切不假外求；又東平憲王歸國，特賜奴婢五百人；清河孝王出居邸，賜奴婢三百人。《後漢書・竇融傳》說竇氏奴婢以千數；又馬防兄弟，奴婢各千人以上；濟南安王（光武帝子），奴婢千四百人；梁冀起別第，掠取良人爲奴婢，名曰自賣人，此買賣其名，劫掠其實者；《三國志・陳群傳》謂陳群子泰，爲護匈奴中郎將，京邑貴人，多寄寶貨，託陳泰買匈奴婢。可悲！人類的罪惡，似將與封建政權一起延續下去。

王莽之奴婢政策，其氣魄是震撼鬼神的，而其動機則是偉大的。蓋一八六一年，美國南北戰爭之初，林肯曾公開宣稱：「戰爭之目的在維護聯邦，蓄奴或不蓄奴非所問也。」後爲削弱敵方力量，乃宣布解放黑奴。故林肯之動機，非爲黑奴而戰，反之藉「解放黑奴」爲政治作戰口號，達成戰勝敵人之目標。又林肯之解放黑奴也較狹隘，蓋蓄奴州不在戰爭範圍以內者，或北方軍隊占領區內之奴隸，均不在解放之列。一八六五年，戰爭終了時，廢奴之舉已水到渠成，只不過是自然趨勢罷了。王莽的奴婢政策，勝林肯遠矣！

王莽雖敗，但其偉大的心靈，則不應被埋沒！

八、新朝新政(四)——對外措施

匈奴

新莽初建，可說最不宜於用兵，因為用兵必須知己知彼，敏捷以赴事機，而王莽卻固執成見，不察時勢。前漢自武帝以來，國力方盛，宣、元以降，更是威行萬邦，無人敢抗顏。王莽襲強富之資，遂謂可為所欲為，舉宇宙之間，一切任隨吾意措置。不知國家或民族之爭鬥，關涉方面極多，絕非計算土地、人民，較量兵甲械器，就可判定誰勝誰負。王莽一意孤行，尚未安內就想攘外，怎能不敗？

前漢最大的敵人是匈奴。匈奴的早期歷史不詳，可能和西周後期的玁狁有關，而《史記》則直指為夏后氏的苗裔，其祖曰淳維，《史記索隱》記淳維在殷時奔北邊。樂產《括地譜》則記：

> 夏桀無道，湯放之鳴條（山西安邑），三年而死，其子獯粥，妻桀之眾

妾，避居北野，隨畜移徙，中國謂之匈奴。

夏的主要活動區爲黃河南北汾、洛一帶，被黃淮流域東來的商壓迫，其情勢必向西北避移。西北諸部族，常以其祖之名爲氏，所以獯粥極可能是周太王所事之獫狁。

匈奴生活以畜牧爲主，逐水草而徙，牲畜以馬、牛、羊最多，也有少數的駱駝、驢、驘、駃騠、驒奚等。無城郭，而有耕田；無文書，而以言語爲約束。男子幼年即學射鳥鼠，少長則射狐兔，及至力能彎弓，盡爲甲騎，故上下成一戰鬥體。平時則獵禽獸，戰時則習攻伐。長程兵器有弓矢，短兵相接則用刀劍。作戰利則進，不利則退，不以遁走爲羞。又苟利之所生，不知禮義。上下皆以畜肉爲食，穿皮革，被旃裘。其風俗，壯者食肥美，老者食其餘，以使壯者有力保護老弱婦孺。這種貴壯健、賤老弱的習俗，和農業社會敬老的觀念迥異。又父死妻其後母；兄弟死，盡取其妻妻之；北方生活困苦，此寓有照顧之義，不可以漢文化之社教視之。法律簡易，大罪爲死罪，偷盜者沒入其家產，罪小者軋（乃古刑法）；獄久不過十日，一國之內所有人犯，不過數人。送死有棺槨金銀衣裳，而無封樹喪服，臣妾殉葬衆多。

至於其組織，最高爲單于，姓攣鞮氏，其國稱之曰「撐犁孤塗單于」，「撐犁」

義為「天」；「孤塗」義為「子」；「單于」義為「廣大」。「撐犁孤塗單于」即「偉大的天子」。其次左右賢王（屠耆）、左右谷蠡王、左右大將、左右大都尉、左右大當戶、左右骨都侯（異姓大臣）。凡二十四長。諸長亦各自置千長、百長、什長、裨小王、相、都尉、當戶、且渠之屬。

匈奴左指東方，在中國上谷（河北西部及中部）之外，接穢貉、朝鮮。右居西方，相當於上郡（陝西西北部）之外，連接月氏、氐羌。單于居中，面對雲中（綏遠東南部）、代郡（山西東北部及察哈爾西南部）。匈奴尚左，故左賢王往往由其太子充任。諸大臣都是世官，其貴官由呼衍氏、蘭氏、須卜氏三姓世襲。正月，諸長子會單于庭；五月，大會龍城（熱河朝陽），祭其祖先及天地鬼神。秋，馬肥，課校人畜。單于出營則朝拜日，夕拜月。舉兵必觀星月，月盛壯則攻戰，月虧則退兵。又善為誘兵以包敵。斬敵首，則賜酒一卮，所掠得之戰利品，全歸其所有，擄得之戰俘則為其奴婢，故人人以戰爭為致富謀生之道。

漢初，匈奴圍攻馬邑（山西朔縣），韓王信不敵，降匈奴。匈奴乘勝南下攻太原（山西太原），高祖親自將兵往擊。時值寒冬，大雨雪，兵士墮指者十有二、三。匈奴蓋世雄主冒頓又匿其精兵，以疲弱誘漢軍。漢以步兵三十二萬北征，兵未集結，而高祖先至平城（山西大同），冒頓以精兵三十餘萬，圍高祖於白登。七日，糧絕無援。後用陳平奇計始得脫逃。此後，漢用婁敬之謀，對匈奴採取和親政策，百般容忍。高祖死後，冒頓益桀鷔，致書要求呂后下嫁；而此時漢力不能勝，只好以禮答之，不絕和親。

文、景承祖訓採和親政策，通關市，遣嫁公主，餽贈如舊約。雖小有入寇，終無大戰爭。漢之和親政策，確具文化上的柔服作用，使匈奴生活形態改變。在經濟上、心理上，日漸依賴漢朝。這種趨勢，對匈奴而言，實是致命傷。反之，漢帝國經過七十年的休養生息，戶口增加，物力豐盈，人才萃蔚，向外開拓，其勢不能已。又武帝英年即位，亟欲大有爲，乃一變文、景以來只守不攻的安撫政策，採取主動攻擊，以雪和親之恥。

匈奴歷經武帝、昭帝、宣帝之痛撻，國勢已衰，既不能南侵黃河流域，又無法保有塔里木河流域，生活環境日益艱困。宣帝五鳳元年（前五七年），呼韓邪、屠耆、呼揭、車犁、烏藉等五單于爭立，國內大亂，後呼韓邪擊敗西單于，自爲領袖。但其兄呼屠吾斯亦自立爲郅支骨都侯單于，兄弟內戰，匈奴遂分南北。

宣帝甘露二年（前五二年），南匈奴呼韓邪單于降於漢。北匈奴郅支則遠徙康居

（吉爾吉斯西北一帶）。元帝建昭三年（前三六年），西域校尉陳湯與都護甘延壽，遠征康居，斬郅支單于，傳首京師。於是北匈奴益西，大概在西元四世紀初，他們便出現於歐洲的原野了。

匈奴郅支單于既死，呼韓邪且喜且懼，於竟寧元年（前三三年）又入朝，願爲漢婿以自親。元帝以後宮良家子王嬙字昭君者賜之，號「寧胡閼氏」，言胡得之，國以安寧。

後呼韓邪病且死，遺令立雕陶莫皋，約傳國與弟。於是復株累若鞮（雕陶莫皋）、搜諧若鞮（且麋胥）、車牙若鞮（且莫車）、烏珠留若鞮單于（囊知牙斯）等相繼立。匈奴謂「孝」爲「若鞮」，呼韓邪與漢親密，見漢謚爲孝，慕之，故皆爲若鞮（《後漢書》但作「鞮」）。

匈奴自呼韓邪後，事漢甚謹。烏珠留立，漢遣中郎將夏侯藩、副校尉韓容使匈奴；時帝舅大司馬驃騎將軍王根領尚書事，有人游說王根：「匈奴有斗入漢地，直張掖郡，生奇材木，箭竿就羽。如得之，於邊甚饒，國家有廣地之實，將軍顯功，垂於無窮。」

根爲成帝言其利。成帝正想求單于，又怕單于不答應，有損威權。王根乃令夏侯藩以己意求之，而藩仍稱詔旨。單于不許，並以藩求地事向漢廷報告。此爲匈奴有拒漢之語之始。

王莽秉政，令中國不得有二名，因派遣使者諷烏珠留若鞮單于，將名字「囊知牙斯」改爲「知」。始建國元年（九年），莽使五威將軍奉符命，齎金帛，重遺單于，外及蠻夷，皆即授新寶印綬，因收漢故印綬。東出者至玄菟（朝鮮咸鏡南道）、樂浪（朝鮮平安南道及黃海、京畿二道地）、高句驪、夫餘。南出者隃徼外，歷益州（雲南晉寧），貶句町（雲南通海）王爲侯。西出者至西域，盡改其王爲侯。北出者至匈奴庭，授單于印，改漢印文「匈奴單于璽」曰「新匈奴單于章」。匈奴以漢制諸王以下乃有印，言「章」，今印去「璽」加「新」，與臣下無別，故不悅。

二年（一〇年），車師後王須置離謀降匈奴，都護但欽誅斬之；置離兄狐蘭支舉國亡降匈奴，共寇車師。戊己校尉史陳良、終帶，司馬丞韓玄，右曲候任商等，見西域頗背叛，聞匈奴欲大侵，殺戊己校尉刀護，脅掠吏士男女二千餘人入匈奴。此爲匈奴公然違約之始。

王莽對匈奴採分化策略，大分匈奴之地爲十五，立其支庶「咸」爲孝單于，「咸」子「助」爲順單于。三年（一一年），單于遣兵入雲中（綏遠東南部）益壽塞，大殺吏民；又歷告左右部都尉、諸邊王入塞寇盜。大輩萬餘，中輩數千，少者數百。殺雁門（山西西北部）、朔方太守、都尉，掠吏民畜產，不可勝數，緣邊虛耗。莽恃府庫之富，欲立威，乃「拜十二部將率，發郡國勇士，武庫精兵，各有所屯守，轉委輸於邊。議滿三十萬衆，齎三百日糧，同時十道並出，窮追匈奴」。嚴尤進諫：「今既發兵，宜縱先至者，令臣尤等深入霆擊，且以創艾胡虜。」莽不聽。

咸既受王莽孝單于之號，伺機逃歸，告訴單于說他是被要脅的。單于更以咸爲於粟置支侯，此乃匈奴賤官也。後順單于助病死，王莽又以咸子登爲順單于。是時，匈奴數爲邊寇，莽軍捕得胡虜生口驗問，皆說：「孝單于咸子登數爲寇。」

四年（一二年），莽乃會諸蠻夷，斬登於長安市。

自宣帝以來，北邊數世不見烽火之警，人民熾盛，牛馬布野。及匈奴構難，邊民死亡慘重；又十二部兵久屯而不出，吏士疾弊。數年之間，已北邊虛空，野有暴骨。

五年（一三年），烏珠留單于死。王昭君女「伊墨居次云」之夫「右骨都侯須卜當」執政，欲與中國和親。又素與咸厚善，見咸前後爲莽所拜，乃立咸爲烏累若鞮單于。

天鳳元年（一四年），云、當遣人至西河虎猛（漢縣，故城在今綏遠境內鄂爾多斯左翼前旗）制虜塞下，求見昭君兄子和親侯王歙。莽使歙及其弟展德侯颯往使，歙、颯紿言侍子登尚在，要求引渡叛國犯陳良、終帶等二十七人。單于盡收繫陳良等，皆械檻付使者。於是莽罷諸將帥屯兵，但置游擊都尉。匈奴使者送歙、颯還，告訴單于侍子登早已被殺。匈奴乃復寇邊。然又貪莽賂遺，故表面上仍不失漢故事，而實際上寇虜已從左地入不絕。使者質問，單于輒答說：

「烏桓與匈奴無狀黠民共為寇入塞，譬如中國有盜賊耳。咸初立持國，威信尚淺，盡力禁止，不敢有二心。」

二年（一五年），莽復遣王歙等歸登及諸貴人從者喪，多遺單于金珍。因便諭說其改號，號匈奴曰「恭奴」，單于曰「善于」。單于貪莽金幣，故曲聽之，然寇盜如故。

三年（一六年）六月，遣并州牧宋弘、游擊都尉任萌等，將兵擊匈奴，至邊塞而止，屯兵備敵。

五年（一八年），單于咸死，弟輿立為「呼都而尸道皋若鞮單于」，遣「大且渠奢」與「云」之外甥「醯櫝王」進貢長安。莽遣和親侯歙，隨奢等至制虜塞下，與「云」、「當」相見，因以兵迫脅「云」、「當」至長安。王莽拜「當」為須卜單于，欲出大兵以輔立之。蓋王莽欲立匈奴親莽派，以求邊塞之安寧也。嚴尤諫奏：

「當在匈奴右部，兵不侵邊，單于動靜，輒語中國，此方面之大助也。於今迎當置長安槀街，一胡人耳，不如在匈奴有益。」

莽不聽。

時匈奴寇邊甚急，莽大募天下丁男及死罪囚、吏民奴，名曰豬突豨勇，以爲銳卒。令公卿以下至郡縣黃綬，皆保養軍馬，多少各以秩爲差，不許有所死失。又博募有奇異技術可以攻匈奴者，將待以不次之位。既得「當」，莽遣嚴尤、廉丹擊匈奴，務必誅「輿」而立「當」。嚴尤素有智略，再三諫莽勿攻伐四夷，莽不從。嚴尤固言匈奴問題可暫擱置，先敉平山東盜賊。王莽大怒，乃策免尤。

地皇二年（二一年），轉輸天下穀幣至西河（山西省西北部及綏遠省南隅之地）、五原（綏遠五原）、朔方、漁陽（河北密雲），每一郡以百萬數，欲以擊匈奴。而匈奴愈怒，寇掠北邊，北邊由是敗壞。

王莽之欲攻匈奴，其意始終未變。其調度頗擾民，然欲窮追匈奴之籌策不可謂不遠也。歷代北狄之爲患，固皆以其據有漠南。王莽之爲計，較之秦始皇之築長城，又遠過之矣。其魄力之大，固亦可驚嘆。

高句驪

中國文化之傳播於四方，以東方為最盛；而東方諸國濡染中國文化最深者，莫如朝鮮，實以其久隸中國為郡縣之故；而首先在朝鮮立郡縣的是漢武帝。

朝鮮半島與遼東，在地形上為一整體，因此開發頗早，與華夏關係也很密切。近人皆相信商族源起於東北〈商頌〉中的「相土烈烈，海外有截」，所謂海外，應即指朝鮮一帶。朝鮮素以八卦為旗，而八卦為伏羲所畫，伏羲姓風；風即鳳，是鳥圖騰的一支。商族自認為玄鳥後代，亦屬鳥圖騰。足證朝鮮與商族，皆屬東方鳥圖騰民族，關係是密切的。

周滅商，封商太師箕子於朝鮮，轄地包括今安東省及朝鮮北部。戰國時，六國皆僭稱王，箕準因而也稱王；但燕國致力於東北發展，燕將秦開東向拓地二千里，朝鮮遂弱。秦滅燕後，以浿水（大同江）為界，築亭障。

漢高祖末年，燕王盧綰亡入匈奴，燕人衛滿糾合千餘人，椎髻蠻服，東走出塞，渡浿水，居秦時上下障間之空地。後襲破朝鮮，逐其王箕準而自立。衛滿定都王險（平壤）。

惠帝時，天下初定，遼東（遼寧東南部）太守與衛滿相約，以朝鮮為漢外臣，保塞外蠻夷，勿令侵擾邊境；諸蠻夷君長欲入見天子，代為轉達，不得阻止。衛滿因此得以坐大，以兵威或利誘，降服附近小邦，臣服眞番、臨屯，地方數千里，儼然東北大國。至其孫右渠時，既不入覲，且誘漢亡人日多；並阻止眞番、辰國等入覲漢廷。武帝元封二年（前一〇九年），時匈奴已衰，南越已平，乃將目標指向遼東，年餘平朝鮮，在其地立郡縣，設立眞番（跨鴨綠江上游）、臨屯（江原道地）、樂浪、玄菟四郡，包括今朝鮮半島中北部土地。

南部尚有馬韓、弁韓、辰韓三國及數十小國，也都臣服中國。四郡中，以樂浪最為重要，是漢帝國東北的重鎮，政令的宣達，文化、經濟的滋育，無異內地，半島南部以及海上諸國，都到此處獻貢。

王莽時，為伐匈奴，曾發高句驪兵，欲鉗形攻擊匈奴。但高句驪不合作，郡強迫之，皆逃亡出塞，因犯法為寇。始建國四年（一二年），遼西（河北東北部及遼寧西部）大尹田譚追擊之，反為高句驪所殺。州郡歸咎於高句驪侯騶。嚴尤諫稱：

> 貉人犯法，不從騶起。正有它心，宜令州郡且慰安之。今猥被以大罪，

恐其遂畔。夫餘之屬必有和者。匈奴未克，夫餘、穢貉復起，此大憂也。

莽不慰安，穢貉遂反。詔嚴尤擊之。尤誘斬高句驪侯，傳首長安；王莽大悅，下書更名高句驪爲下句驪。於是貉人愈犯邊。

西域

西域一詞是漢對玉門關（甘肅敦煌西）以西，一片廣大而陌生的區域的一個統稱。廣義而言，乃指玉門關以西，至中亞、西亞一帶；狹義而言，則指玉門關、陽關（甘肅敦煌西南）以西，蔥嶺以東，今新疆省天山之南，崑崙山之北，漢都護所統監之地。

《漢書．西域傳》載：

西域以孝武時始通，本三十六國，其後稍分至五十餘，皆在匈奴之西，烏孫之南。南北有大山，中央有河，東西六千餘里，南北千餘里。東則接漢，扼以玉門、陽關，西則限以蔥嶺。其南山，東出金城，與漢南山屬焉。

其河有兩原：一出蔥嶺山，一出于闐。于闐在南山下，其河北流，與蔥嶺河合，東注蒲昌海。蒲昌海，一名鹽澤者也，去玉門、陽關三百餘里，廣袤三百里。其水亭居，冬夏不增減，皆以為潛行地下，南出於積石，為中國河云。自玉門、陽關出西域有兩道。從鄯善傍南山北，波河西行至莎車，為南道；南道西踰蔥嶺則出大月氏、安息。自車師前王廷隨北山，波河西行至疏勒，為北道；北道西踰蔥嶺則出大宛、康居、奄蔡焉。

西域諸國大率著土常居，有城郭四畜，不隨畜牧移徙，風俗與匈奴、烏孫不同。漢未通西域前，西域諸國大都役屬於匈奴，匈奴右部日逐王下設僮僕都尉，領西域，徵諸國賦稅。而張騫出使西域以前，西域是一個神祕的地區，該處的崑崙山，被認爲是日月聖山，上有西王母的宮殿和苑囿。

張騫之通西域，人稱爲「鑿空」。然而，中國之與西域交通，應不遲於張騫之出使。蓋周秦起於岐（陝西岐山）、雍（陝西鳳翔），與西域相去非遙，不應沒有來往。周太王受獯粥侵迫東遷，歷王季、父王、武王三世皆向東發展；穆王之西征，雖事多附會，但其行程不近。而周人的重玉，以及「玉門」一辭之由來，應與西域有關。《管子・揆度篇》載：

北用禺氏之玉，南貴江漢之珠。

有人認爲「禺氏」即爲「月氏」。秦代馬牛滿山谷的烏氏倮，也許即月支之族。戰國屈原〈招魂〉，陳述西方之害流沙千里，五穀不生，叢菅是食，當是指新疆。當時楚曾據有漢中，由漢中有徑可達隴中；邛竹杖、蜀布既能至大夏（Bactria），可見民間早已有交往；而應募前往的張騫也是漢中人。

前漢時，西域重要國家可簡分爲四大部分，即是南道、北道、天山東端，以及蔥嶺以西。

南道國家，自敦煌出陽關，經南道西行有：鄯善（即樓蘭，羅布泊東）、婼羌、且末（且末北）、小宛（且末東）、精絕（且末西）、戎盧（洛浦東）、扜彌（于闐）、渠勒（洛浦）、于闐（于闐）、皮山（皮山）、烏秅（八達克山附近）、西夜（莎車南境）、蒲犁（蒲犁）、依耐（英吉沙）、無雷、難兜（俱在八達克山附近）。其中以鄯善扼漢通西域門戶，形勢最爲重要。

北道國家，出陽關後，經鄯善傍天山南路西北行有：尉犁（尉犁北）、渠犁（輪台東南）、危須（焉耆東北）、焉耆（焉耆）、龜茲（庫車）、姑墨（拜城西南）、溫宿（溫宿）、莎車（莎車）、疏勒（疏勒）、烏孫（伊犁浯特克斯河畔）等。其中龜茲產鉛，能鑄冶，形勢重要。疏勒有市列，其地又西當大宛、康居、大月氏孔道，形勢非常重要。

天山東端，與匈奴右部相接，而不在南北道上的國家有：車師前國（吐魯番）、山國（巴格喇赤湖、羅布泊間）、狐胡（鄯善、吐魯番二縣之間）、劫國（昌吉）、蒲類（鎮西）、蒲類後國（巴里坤湖北）、東且彌（阜康）、西且彌（昌吉）、卑陸（阜康）、卑陸後國（阜康東北）、郁立師（古城西北）、單桓（迪化附近）等。

蔥嶺以西，與漢相通，而方向偏南的國家有：罽賓（克什米爾附近）、烏弋山離（伊朗南境）、安息（伊朗）等。偏北的國家有：大月氏（阿姆河上游）、康居（巴爾喀什湖至鹹海一帶）、大宛（錫爾河上游）等。其中安息爲蔥嶺以西最大的國家。

這些國家極爲複雜。從人種上說，南道的婼羌、西夜、蒲犁、依耐、無雷等多是氐羌。烏孫人赤髮皙面綠瞳，當屬哈薩克。人數懸殊，自數百到數十萬不等。文化差別很大，有的游牧，有的則進入農耕及工商。

蔥嶺以西，地勢逐漸低下，雨量增加，不似天山崑崙間之崎嶇乾燥，較適於農耕。《漢書．西域傳》載，大宛以西至安息，各國雖言語小異，但大體相通，互能知曉，其人皆深目，多鬚髯，善賈市，爭分銖，貴女子，不知鑄錢。漢降卒始教其人造兵器。大抵皆亞歷山大死後所分裂之國。

武帝建元時期，爲謀伐匈奴，乃召募使者，出使匈奴敵人大月氏，希望聯大月氏以夾攻匈奴，於是有張騫通使西域之「鑿空運動」。武帝經營西域，雖力排萬難，然僅開其端，匈奴在西域的勢力仍遠超於漢廷。西域之征服，則有待於宣帝。西域之降服，其意義非常重大，軍事上，可斷匈奴右臂，使匈奴、西羌不能連接；政治上，則德威震動遠荒；交通上，打開了中西孔道。文化、經濟交流的價値尤高。自前漢末到盛唐，在西域割據建國者不可勝數，可見人物殷盛之一斑；而漢的開拓精神亦藉此可見。

西域之叛，起於平帝元始中，時車師後王國（迪化）有新道，出五船北，通玉門關，往來差近。戊己校尉徐普欲通此道，以避白龍堆之阨。車師後王姑句不肯，普乃繫姑句。姑句突出，逃入匈奴。又去胡來王唐兜，國與大種赤水羌爲鄰，被大種赤水羌所侵，告急都護但欽，但欽不以救，唐兜亦亡降匈奴。匈奴受之，並遣使上書言狀。時王莽執政，遣使告單于云：

「西域內屬，不當得受。」

單于謝罪，執二王以付使者。莽會西域諸國王，斬以示之。

始建國二年，以廣新公甄豐爲右伯，出西域。車師後王「須置離」憚供給使者，國益貧，恐不能負荷，意欲逃亡匈奴。戊己校尉刀護聞之，召置離驗問；刀護乃械置離，送都護但欽所。置離兄「狐蘭支」將「置離」衆二千餘人，驅畜產，舉國亡降匈奴。時王莽易單于璽，單于怨恨，遂受之，遣兵共擊車師，殺後城長。時刀護病，史陳良、終帶，司馬丞韓玄、右曲候任商謀殺護，盡脅掠吏士男女二千餘人入匈奴。

烏累單于和親，王莽遣使者多齎金帛賂單于，購求陳良、終帶等，皆燒殺之。和親絕，匈奴大擊北邊，西域起而響應。焉耆近匈奴，先叛，殺都護但欽。天鳳三年（一六年），遣五威將王駿、西域都護李崇將戊己校尉郭欽出西域。焉耆詐降，而聚兵自備，會集姑墨、尉犁、危須等國兵，襲擊王駿，殺之。郭欽後至焉耆，焉耆兵未還，欽乃擊殺其老弱，引兵還。李崇則收餘士還保龜茲。數年，王莽死，李崇遂沒，西域因絕。

西羌

中國青海、甘肅、川北一帶，自來爲氐羌族所居。《後漢書．西羌傳》稱，西羌是三苗之後，姜姓一支，被舜流放至現地；商湯時威服氐羌，〈商頌〉讚美湯「自彼氐羌，莫敢不來享，莫敢不來王」。牧野之戰，羌爲周西方聯軍之一；而姜氏出於羌，史有定論。又隨周東向入居中原之羌，漸與華夏民族同化，如齊、許、申等是；而留在原居地的羌，因地形、氣候關係，仍營畜牧，小部族林立，與中原生活迥異。《後漢書．西羌傳》載：

所居無常，依隨水草。地少五穀，以產牧為業。其俗氏族無定，或以父名母姓為種號。十二世後，相與婚姻，父沒則妻後母，兄亡則納釐嫂，故國無鰥寡，種類繁熾。不立君臣，無相長一，強則分種為酋豪，弱則為人附落，更相抄暴，以力為雄。殺人償死，無它禁令。其兵長在山谷，短於平地，不能持久，而果於觸突，以戰死為吉利，病終為不祥。堪耐寒苦，同之禽獸。雖婦人產子，亦不避風雪。性堅剛勇猛，得西方金行之氣焉。王政脩則賓服，德教失則寇亂。

又或以為畎夷即羌，曾為夏后相所征服，后泄始加爵命。夏末入居邠、岐之間。成湯既興，代而攘之。武丁征鬼方，三年乃克，此「鬼方」蓋即西羌。周季歷曾伐西落鬼戎、燕京之戎，蓋亦其族屬。

服裝方面，與中原最大不同為披髮覆面，據羌人傳說：秦厲公時，羌人「無弋爰劍」為秦奴，後逃走，婚劓女，劓女披髮覆面，因以為俗。至漢時，西羌尚有一百五十種。以聚居越嶲之犛牛種、分布於廣漢的白馬種，及分布於武都的參狼種最大。

秦末以全力向東發展，羌得以滋大。秦漢之際，匈奴強盛，擊敗月支，羌乃臣服於匈奴。武帝元狩二年（前一二一年），收復河西，隔絕羌胡；羌人退至河湟西南。漢築令居塞，阻止羌人北渡湟水。又自長安至玉門，障塞亭燧，出長城外數千里。元鼎時，先零羌、牢姐羌與匈奴相通；武帝派將軍李息及郎中令徐自為率十萬眾平之。初設護羌校尉，駐臨羌（清海西寧），羌乃離湟中，徙居西海（青海）鹽池附近。漢遂以山為塞，嚴斥候守望，但羌仍不時思動，宣帝時，始為趙充國平服。

王莽輔政時，為炫耀德威，北化匈奴，東致海外，南懷黃支；惟西方未有加，乃遣中郎將平憲等多持金幣，諷諭諸羌，使共獻西海地。又奏請太皇太后以爲西海郡，因正十二州名分界。又增法五十條，犯者徙之西海。徙者以千、萬數，民始怨矣。

居攝元年，西羌龐恬、傅幡等，既前利莽之金幣，後又藉口莽奪其地，起而叛變，攻西海太守程永，永奔走；莽誅永，乃遣護羌校尉竇況擊之。二年春，破之。新莽覆亡後，諸羌遂還據西海，日益放縱，時寇金城（治所在甘肅臯蘭縣西北）、隴西（治所在今甘肅臨洮縣東北）等郡。爲後漢最大外患，而與後漢共始終。

西南夷

中國自商周以來，已有城郭，爲農業民族。所以總是順著河流向平原、小丘陵等，易爲農耕的地區發展。西南川、康、雲、貴一帶的高山疊嶂，仍爲半開化的落後種族所居。

及秦崛起關中，東阨於六國；惠王時用司馬錯議，開發西南，併有巴蜀，順流而及郢都、雲夢。巴蜀北西南三方邊緣地帶，高山綿亙，開發不易；秦、楚都曾致力試探。漢時司馬相如曾對武帝說，邛（西康西昌）、筰（西康漢源）、冉駹（四川茂縣）一帶，秦時嘗通爲郡縣，至漢興而罷廢。其眞實性雖難判定，但相如爲蜀人，或許傳聞有據。

楚威王時，確曾致力於此，令將軍莊蹻帶兵循江而上，略巴（四川巴縣）及黔中（湖南沅陵）以西之地，拓地到滇池，地方三百里，周圍土地肥饒，乃占據爲楚地。而在此同時，秦由巴東南發展，占領楚之黔中。滇和楚乃被隔絕；莊蹻遂以其衆治滇（雲南晉寧），變服從其俗，自立爲滇王。《漢書・西南夷傳》說秦時嘗通五尺道，並設置官吏，十餘年後秦滅漢興，這些半開闢的地方又放棄了。但民衆仍交易不絕。

西南夷在漢時是分別指稱的。巴蜀以南，今貴州一帶稱「南夷」；巴蜀以西，今川西、康東一帶稱「西夷」。這些地方，疊嶂層巒，小國以十、百數，文化水準及生活狀況都相去懸殊。大概在今貴州境內的，以夜郎（桐梓）爲最大；在今西康東部的，以邛都（西昌）、徙（天全）、筰都（漢源）爲最大；在今雲南境內，以滇爲最大；今四川西北一帶，以冉駹爲最大；在今甘肅境內，以白馬（成縣）爲最大。其中文化較高的爲夜郎、滇、邛都等，知耕田，有邑聚，已進入農耕階段。其次爲徙、冉駹等，爲半農牧社會。至於嶲、昆明一帶的部族，多編髮，隨畜遷移，尙爲游牧生活。

漢武帝時曾陸續降服西南夷。元光五年（前一三〇年），以夜郎爲犍爲郡（初治貴州遵義，後徙四川宜賓）。元鼎六年（前一一一年），以且蘭（貴州平越）置牂柯郡（平越）；以邛都爲越嶲郡（西昌）、筰都爲沈犂郡（漢源）、冉駹爲文山郡（茂縣）、白馬爲武都郡（成縣）。元封二年（前一〇九年），以滇地置益州郡（雲南晉寧）。於是西南夷完全納入漢版圖。又原西南夷君長以百數，獨夜郎和滇留王號受封。

王莽之貶西南夷君長爲侯，鉤町（雲南通海）王邯怨恨，牂柯大尹周欽詐殺之。邯弟承攻殺欽，州郡擊之，不能服。三邊蠻夷愁擾，盡反。復殺益州大尹程隆。王莽遣馮茂發巴、蜀、犍爲吏士，賦斂取足於民，以擊益州。歷三年，疾疫死者什七，賦斂約十取五，巴蜀騷動，仍不能勝。莽徵茂還，誅之。更遣廉丹與庸部（莽改益州爲庸部）牧史熊，大發天水、隴西騎士，廣漢、巴、蜀、犍爲吏民十萬人，加上轉輸者，合二十萬人，擊之。頗有斬獲。於是復大賦斂，就都（莽於蜀郡廣都縣，置就都大尹，今四川華陽縣）馮英不肯供給軍需，上書奏言：

「自越嶲……反叛以來，積且十年……僰道（四川宜賓）以南，山險高深，茂多驅衆遠居，費以億計……今丹、熊……功終不遂。宜罷兵屯田，明設購賞。」

莽怒，免英官。其後，軍糧前後不相及，士卒飢疫；三歲餘，死者數萬。

天鳳六年（一九年），更始將軍廉丹擊益州，不克，徵還。後大司馬護軍郭興、庸部牧李曄，亦出擊蠻夷若豆等。地皇三年（二二年），大赦天下，惟劉伯升（縯）、北狄胡虜叛逆輿、南僰虜若豆、孟遷不在赦例。越嶲蠻夷任貴，亦殺大守枚根，自立爲邛穀王。

九、新朝覆亡

泥古之誤

王莽新政，一切都爲造福百姓。一個均富安樂的社會，是他的目標；一個大同世界，則是他的理想。雖然恢復封建，採取衆幣制，有些違反政治社會經濟進化的原理，但土地改革、工商管制、禁止買賣奴婢，則無一不是針對時弊而制定的。他的氣魄、他的勤政，都是令人感動的。

個人修身方面，王莽以周公爲偶像，甚至有超越的意思。「內聖外王」，是他夢寐以求的最高境界。施政方面，王莽以周制爲最高指導原則。因此，王莽的新政，難免爲周制所囿，不能有所突破。周制充盈心中，他以爲將此教條放之四海，理應皆準。他以「復古」來「改革」時弊，卻又不免泥古，這是昧於歷史的作法。

恢復井田，打擊地主階級，以收平均地權之效；工商管制，抑富右貧，以收均富之效，看似合理，卻不可硬套強卯，因爲古代制度，未必完全適用於今日；外國制度，也未必適合本國國情。政府任何一項政策的推動，都應該順應時代潮流，有學理的催生、事前的宣導；政府與民眾必須有基本共識，施行時，則要有方案步驟，緩變（量變）之，切不可遽然突變（質變）。

王莽的斷然改革，雖頗具氣魄，卻使民眾難以適應，尤其是豪強階級內心的不平衡，是可以想見的。

至於更改官制、恢復封建、採取衆幣制，則因過於泥古，以致紊亂不堪，百姓無所適從。禁止買賣奴婢，執義雖高，但是奴婢階級並未得到眞正的利益，反而爲豪強所脅挾，群起抗莽。

王莽內政較成功者，似乎僅有文化措施及五均賒貸。

王莽對外政策，也是周制教條的延伸。爲求大同世界，王莽希冀對外有所表現，想把外交帶到一個新境界。然而，周制教條卻禁不起現實的考驗，以致四夷俱叛。內憂加上外患，終以覆亡。

實踐是檢驗理論的最佳方法。王莽以周制爲新政改革藍圖，經由實驗證明，周制已不合時宜。然而爲學宜師古人之意，不宜死守古人之制，師其精神即可。而且接受任何文明，理應將之消化，去其不合時宜、不合國情者，取其適用者。王莽之失敗，敗於好古之癖，泥古不知變通，此眞可爲後人殷鑑。

豪強杯葛

前漢的權貴、富賈、地主等豪強階級，各用智巧鑽營權力、財富，兼併貧弱；各個田連阡陌，貲數鉅萬，奴婢千百，錦衣美食，極盡奢侈。反觀貧農終年累月暴露中野，不避寒暑，捽草杷土，胼手胝足，而無立錐之地。地權不均，貧富懸殊。富者驕而爲邪，侵陵小民，分田劫假，甚至掠賣人妻子。窮而貧者，則爲姦。可憐貧而弱者，則淪爲奴婢，任由人主專斷其命。這樣一個不健康的社會，有識之士無不引以爲憂。王莽基於「天地之性人爲貴」的理念，亟思有所改革。

王莽之土地改革、工商管制、禁止賣買奴婢，無一不針對時弊而發，亦無一不深中大地主、富賈、權貴等豪強之要害。其鐵腕改革，對豪強而言，誠有如青天霹靂，遲遲不敢相信眞有此事。土地、壟斷事業、奴婢原本是他們的專利品，如今一切即將化爲烏有，這一變故使他們一時不知所措。最後認爲唯有杯葛到底，甚至不惜訴諸暴力。

豪強之中，無疑的有些是用非法的手段，兼併貧農的土地，掠賣奴婢，依靠權勢營商，欺迫善良，造成民不聊生的局面。但也不乏富而好禮之輩，不可一概而論。

這些豪強資本家往往是地方上的領導階層；他們非但不擁護王莽的政權，甚至脅挾貧弱一起反抗王莽。王莽的改革，因豪強利益集團之杯葛，阻力橫生，百姓未蒙其利，反受其害，終至怨聲載道，反為豪強製造革命的契機。

下吏枉法

王莽的改革，是全盤的、根本的、積極的；有培育人才的教育政策、抑富右貧的經濟政策、悲憫貧困的社會政策，以及人貴平等的奴婢政策。這些都不是一般貪戀權勢、以享樂為主的人所能想到的。然則，其法之不行，蓋由於下吏之執行不力也。

史稱當時的官吏「各因官職為姦，受取賕賂，以自供給」。王莽亦頗知下吏之枉法，曾派遣公府士馳傳天下，考覈貪官污吏，向百姓解釋：豪猾之吏摧剝小民，非莽本意。然而，天高皇帝遠，實鞭長莫及。

古云：「有治人，無治法。」再好的法律，亦須由好人來執行；否則，姦歹鑽營法律漏洞，那麼良法也將成為惡法，所以人的因素，決定法令的好壞。為治之道，其根本問題，在於注重一個人品德之培育。而下吏之恃法為姦，又與豪強勾結，乘機營私舞弊，弄得「農商失業，食貨俱廢，民人至涕泣於市道，及坐賣買田宅、奴婢、鑄錢，自諸侯卿大夫至於庶民，抵罪者不可勝數」。使新政空有善意的立法，而無實行的績效。

新政不行，王莽內心深爲痛恨，不由得懷疑部下品德及行政效率，凡事不敢或不願假手於人，因而愈發獨裁；錯綜複雜的政務，即使焚膏繼晷，心神俱疲，力也有所未逮。這種無奈令王莽有日暮途窮之嘆。

變亂紛起

王莽復古改良主義失敗後，中國歷史又走進一個暴風雨時代。外有四夷先後叛變，內因天災不斷，富者不得自保，貧者無以自存，天下蕭蕭然群起暴動。新朝就在外患內亂之下，不光榮地覆滅了。

成帝時，漢廷已裁撤「典屬國」衙門，國力大不如前。王莽爲求「外王」，以及企圖轉化內在矛盾；故派遣使者分赴東南西北，宣示新朝威德，將人民的注意力，由國內問題轉向國外問題。他原本希望招來一個「四夷來庭」的盛世，結果適得其反；四夷竟因此窺知中國虛實，先後背叛中國。

首先叛變的是匈奴。始建國二年（一〇年），匈奴的勢力即已侵入塔里木盆地，占領天山東麓之車師。適戊己校尉史陳良、終帶謀殺校尉刀護，投降匈奴，自此西域諸國又處於匈奴的威脅之下。匈奴既入車師，又乘中國之敝，南侵山陝，分道入寇，掠殺吏民。

緊接著匈奴之後，東北諸屬國，如高句驪、穢貉等；西南夷，如鉤町、益州以外諸蠻夷等，也都先後叛變了。始建國四年（一二年），鉤町王反攻殺牂柯大尹周欽。天鳳元年（一四年），益州蠻夷殺大尹程隆，三邊盡反。西域諸國，焉耆首叛，於始建國五年（一三年），殺都護但欽。

四夷既叛，王莽大發兵征四夷。派孫建等十二員大將，十道並出，征伐匈奴；又命嚴尤擊高句驪、穢貉；派馮茂擊鉤町及其他蠻夷，令王駿擊西域。於是四方烽火連天。

東征之軍，以嚴尤誘殺高句驪侯騶而結束。西征之軍，以王駿死於焉耆告終，西域遂絕。北征匈奴，南征西南夷之軍，則成爲長期戰爭。

王莽爲掃平四夷之叛，「大募天下丁男及死罪囚吏民奴，名曰『豬突』、『豨勇』，以爲銳卒。令公卿以下至郡縣黃綬，皆保養軍馬，多少皆以秩爲差。」又「募天下囚徒、丁男、甲卒三十萬人，轉衆郡委輸王大夫衣裘、兵器、糧食，長吏送自負海江、淮至北邊，使者馳傳督趣，以軍與法從事」。天下騷動。

又當時征討匈奴的將軍吏士，軍紀敗壞。先出者屯邊郡，不敢與匈奴戰，只是「貨賂爲市，侵漁百姓」。他們「各爲權勢，恐猲良民，妄封人頸，得錢者去，毒蠱並作」，農民因此離散。征西南夷之軍，則費以億計，吏士罹瘴癘，死者什七。

對外戰爭一時無法結束，每年運往西河、五原、朔方、漁陽一帶的錢穀，數以百萬計。又令郡國買馬，發帛四十五萬匹輸長安，前後相繼於道。貪官污吏又假借戰爭之名敲詐百姓，郡縣賦斂，遞相賕賂。又利用新政，魚肉人民，百姓愁苦，死者什六、七。

尤不該者，王莽又大興土木。王莽在長安城南，劃出萬畝之地，徵天下工匠、圖匠，大修王家九廟。殿皆重屋，爲銅薄櫨，飾以金銀雕文，窮極百工之巧，帶高增下，功費數百鉅萬，卒徒死者萬數。又以古黃帝曾以百二十女致神仙，因此博採鄉里淑女一百二十名，求所以爲神仙之道。加上老而貪之個性使然，儲黃金六十餘櫃，每櫃一萬斤，而不發官吏薪俸。亡國之君多倒行逆施，王莽即是如此。

前漢哀、平之際，百姓苦不堪言，他們衷心期盼明君之再現，好不容易等到救世主——王莽。以爲生活從此可以改善，沒想到王莽的改制，因富賈、地主、貴族的反對功虧一簣。新政之不行，對於只求生存的廣大農民而言，是一個殘酷打擊，因爲他們深切寄望王莽帶給他們一線生機。如今新政不行，他們的希望隨之破滅，變得沮喪；由沮喪轉而怨恨，乃蜂起叛亂。

國之將亡，人禍而外，常兼有天災。天下郡國，或者洪水漫野，或者蝗蟲滿天，或者淫雨連月，或者大旱經年，或者雪深盈丈，或者雹大如拳。天災把怨恨的民衆帶上革命之途。

叛亂最初由西北邊境五原、代郡一帶爆發。天鳳二年（一五年），穀價貴，邊兵二十餘萬，仰給郡縣。五原、代郡尤被其毒，民衆不堪剝削，起爲盜賊，聚衆數千人，轉寇旁郡。

天鳳四年（一七年），長江下游臨淮（鳳陽）、瓜田儀等依阻會稽長州（江蘇吳縣），發動叛亂。同年山東也爆發了叛亂。琅邪女子呂母，本是海曲（日照）一商人地主家庭的婦女，因爲縣宰以小罪殺了她在縣衙爲吏的兒子，所以便傾其家產，招聚飢餓農民及無知少年、亡命之徒等，衆至數千。自稱將軍，攻陷海曲，殺海曲宰，以宰之頭祭其子。

江蘇、山東叛亂同時，在今日鄂西一帶的農民也相與嘯聚，推戴新市（湖北京山）人王匡、王鳳爲首領，在今日當陽境內的綠林山，揭起了反叛的旗幟。一時諸亡命如：馬武、王常、成丹之徒，都投到綠林山中；不到幾個月，綠林山中，集合了七、八千以上的農民。這就是歷史上所謂的「綠林兵」。

綠林山的叛逆日益壯大，漸成爲荊州的威脅。荊州在中國地理上是個戰略要地。據荊州，西北而上，可由武關入關中；東北而上，可取洛陽，進而北上；又西扼巴、蜀；東下揚州。三國時代的赤壁之戰，即爲爭荊州而起。凡立國南方者，必保揚州、荊州、巴蜀；魏晉南北朝時，荊州地位舉足輕重，即爲明證。因此，荊州牧派了兩萬大軍去圍剿這群飢餓的農民，兩軍會戰於雲杜（沔陽西北），綠林兵大勝。綠林兵乃乘勝拔竟陵，轉擊雲杜、安陸，瞬間聚衆五萬。

地皇三年（二二年），大癘疫，綠林兵死亡幾半。爲求生存乃分兩隊，轉向他地。一隊由王常、成丹領導，西入南郡（湖北江陵），是爲「下江兵」。而早在地皇二年（二一年），秦豐已聚萬人於南郡，兩軍遂結合爲一隊。另一隊則由王匡、王鳳、馬武、朱鮪、張卬等領導，北入南陽，是爲「新市兵」。新市兵東攻隨縣的時候，平林（湖北隨縣東北）人陳牧、廖湛也聚合了數千農民，號「平林兵」，響應新市兵的進攻。由於新市兵與平林兵的結合，鄂北豫南一帶，秩序蕩然。

天鳳五年（一八年），更大的叛亂在山東爆發了。當時青（山東東部）、徐（江蘇北部）大飢，寇賊蜂起，山東琅邪人樊崇起兵於莒，以泰山爲根據地，有衆萬餘人。同時，東海（海州）人逄安、徐宣、謝祿、楊音等聞風響應，加入了樊崇集團。是爲「赤眉」，因組成分子把眉染赤，以別於莽軍而得名。

長安政亂，四方背叛。《後漢書・光武紀》載當時：

> 別號諸賊銅馬、大肜、高湖、重連、鐵脛、大搶、尤來、上江、青犢、五校、檀鄉、五幡、五樓、富平、獲索等，各領部曲，衆合數百萬人，所在寇掠。

《東觀記》亦謂當時「諸賊或以山川土地爲名，或以軍容強盛爲號」。足見當時叛亂者聲勢之浩大，與集團之繁多。

而當時用爲號召叛亂的工具，是宗教迷信。以宗教迷信煽惑群衆起義，這是典型的中國農民革命方式。哀帝末年，中原一帶的飢民，就流行著西王母籌，以相結聚。

到王莽末年，雖史無農民傳西王母籌之記載，但這種信仰一定還存在農民心中。《漢書·王莽傳》載，地皇二年，平原（山東平原縣南）女子遲昭平，能說「博經」，以八投，聚衆數千人，在河阻中。所謂「『博經』，以八投」，服虔說：「博弈經，以八箭投之」。此或藉說「博經」，以嘯聚群衆，集中武器。而「博經」大概就是一種宗教儀式中的咒語。當時山東的農民，大概有不少都是在這一類宗教咒術的呼喚之中，投箭而起。

昆陽大戰

這些迫於飢寒、起爲盜賊的農民，並沒有絲毫的政治野心。他們雖是首難者，但沒有立場和方向；聲勢雖浩大，徒爲野心家所利用，而爲之前驅。自身則不能有所成。

爲了要消滅這些飢餓的暴民，王莽遂於地皇二年，派太師犧仲景尙，更始將軍護軍王黨擊青州。翼平（山東壽光）連率田況，素果敢，曾力破赤眉，對於這群因飢寒窮愁而起爲盜賊的農民，頗爲同情，乃上書言：

盜賊始發，其原甚微，非部吏、伍人所能擒也。咎在長吏不為意，縣欺其郡，郡欺朝廷，實百言十，實千言百。朝廷忽略，不輒督責，遂至延蔓連州，乃遣將率，多發使者，傳相監趣。郡縣力事上官，應塞詰對，共酒食，具資用，以救斷斬，不給復憂盜賊治官事。將率又不能躬率吏士，戰則為賊所破，吏氣寖傷，徒費百姓。前幸蒙赦令，賊欲解散，或反遮擊，恐入山谷，轉相告語，故郡縣降賊，皆更驚駭，恐見詐滅。因饑饉易動，旬日之間更十餘萬人，此盜賊所以多之故也。今雒陽以東，米石二千。竊見詔書，欲遣太師、更始將軍，二人爪牙重臣，多從人眾，道上空竭，少則無以威視遠方。宜急選牧、尹以下，明其賞罰，收合離鄉。小國無城郭者，徙其老弱置大城中，積藏穀食，並力固守。賊來攻城，則不能下，所過無食，勢不得群聚。如此，招之必降，擊之則滅。今空復多出將率，郡縣苦之，反甚於賊。宜盡徵還乘傳諸使者，以休息郡縣。委任臣況以二州盜賊，必平定之。

王莽不聽，反另派人接替田況而監其兵，齊地亂事遂擴大，景尚軍敗被殺。三年，王莽又派太師王匡、更始將軍廉丹，率二十萬眾出征青、徐。所過放縱，一路騷動，百姓唱道：

寧逢赤眉，不逢太師；太師尚可，更始殺我。

七月，王匡、廉丹攻拔無鹽，斬首萬餘級；又攻梁郡董憲，兵敗，王匡落荒而逃，廉丹戰死。

正當赤眉、新市、平林的叛亂日益擴大的時候，商人地主階級的劉縯，也在南陽的舂陵（湖南寧遠）舉起了叛旗，企圖利用農民叛亂的力量，恢復劉氏政權。

劉縯，字伯升，景帝子長沙定王發之後，慷慨有大志，好俠養士，不事家人生產。莽末亂起，劉縯乃號召親友起事，其弟劉秀與妹夫李通、李軼起於宛（河南南陽），姊夫鄧晨起於新野，劉縯自糾合七、八千人，號「舂陵兵」。響應新市平林的叛亂，並進而合夥聯軍，企圖利用叛亂農民的力量，達到自己的政治目的。而早在劉縯聯合新市、平林之前，劉縯的族兄劉玄，字聖公，已在平林兵中任安集掾，對平林兵有著相當的影響力。

地皇四年，舂陵等聯軍與莽前隊大夫甄阜、屬正梁丘賜戰於宛附近的小長安，時有濃霧，叛軍大敗，劉縯收兵保棘陽。新市平林見莽軍勝，紛欲散去，適有下江兵五千北來會合，衆心稍振。劉縯乃大饗軍士，立盟約，分六部夜襲莽軍，斬甄阜、梁丘賜；又擊破莽援軍嚴尤、陳茂所部，乘勝進圍宛城。

叛軍連戰皆捷，軍威大振，諸將議立劉氏以從人望。南陽商人地主階級以及王常等，主張擁立劉縯，但新市、平林諸將則堅決支持劉玄。於是二月辛巳，設壇大會，擁戴劉玄爲天子，是爲更始皇帝。史稱劉玄南面之日，對群臣「羞愧流汗，舉手不能言」，這是史家誣妄之辭，不可盡信。劉玄既立，乃著手組織政府，命王匡爲定國上公，王鳳爲成國上公，劉縯爲大司徒，陳牧爲大司空，朱鮪爲大司馬，劉秀爲太常偏將軍。

時叛軍偏師劉秀、王常北徇，攻下昆陽（河南葉縣）、定陵、郾等處。王莽聞劉玄立爲皇帝，政府軍大敗，乃派大司空王邑馳傳洛陽，與大司徒王尋發各郡兵，號稱百萬。莽軍自洛陽出發，向宛城進軍。路過昆陽，王邑、王尋縱兵圍攻。嚴尤建議：

「稱尊號者在宛下，宜亟進。彼破，諸城自定矣。」

王邑不聽，遂圍城數十里。嚴尤又引兵法：

「『歸師勿遏，圍城爲之闕』，可如兵法，使得逸出，以怖宛下。」

王邑又不聽。城中請降，又不許。逼得昆陽城中八、九千名叛軍，只得死守待援。劉秀乃令王鳳、王常留守，自與李軼率十三騎由城中逃出，到郾、定陵招募援軍。是年六月，劉秀等援軍驟至。王邑、王尋自率萬餘人應戰，命令諸營各守所部，不得擅動。及接戰不利，大軍不敢救，二王陣亂，王尋被殺，莽軍動搖。昆陽城中叛軍亦鼓譟而出，於是裡外夾攻，莽軍大潰，自相踐踏，伏屍百餘里。時適風雷大作，雨下如注，近城河川盛溢，莽兵溺死者以萬計。莽軍之敗，蓋王莽之用兵，惟知以多為貴，多而不整，反致一敗塗地。東方主力既折，後路空虛，並關中不能安集矣！

王莽之死

昆陽既敗，衛將軍王涉與大司馬董忠、國師公劉歆謀劫莽東降。事覺，忠伏誅，歆、涉皆自殺。更始軍中，亦發生內爭，劉縯部將劉稷屢立戰功，不服從更始。更始乃與諸將陳兵數千，將誅劉稷，劉縯竭力爭之，朱鮪、李軼乃慫恿更始，並誅劉縯。此時劉秀於昆陽之捷後，又攻下潁陽，得其兄被誅消息，乃馳赴宛向更始謝罪，不自伐昆陽之功，又不為兄服喪，飲食談笑如平時，方免除更始疑慮。更始因拜劉秀為破虜將軍，封武信侯。

更始既殺劉縯，遂兵分兩路，派王匡北攻洛陽，申屠建、李松西向武關，三輔震動，天下紛起。王莽見大勢危殆，憂慼不眠，其臣崔發說：「《周禮》及《春秋左氏》，國有大災，則哭以厭之。故《易》稱『先號咷而後笑』。宜呼嗟告天以求救。」

於是王莽乃率群臣到南郊，陳符命，搏心大哭，作告天策。又強迫諸生小民旦夕幫他哭。誠一副「人窮呼天，世亂敬鬼」模樣。

申屠建等進攻武關之時，析人鄧曄、于匡起兵響應，又迎更始軍協同入關，前鋒抵達頻陽長門宮。關中大姓紛紛起兵響應，均假號漢將，會師長安城外，發掘王莽父祖妻子之墓，燒九廟、明堂、辟雍，一時皆化為灰燼。更始軍破宣平門，王莽官軍守住北闕，就在北闕，展開激烈巷戰。

日落時分，城中到處大火，許多官府邸第都被焚毀。次日，更始軍放火燒了作室門，用斧頭劈開了敬法殿門，一路衝進宮廷。大呼：「反虜王莽，何不出降？」

火勢延燒到掖廷宮，王莽與眾妃嬪避火宣室前殿，大火迅速燒至，妃嬪宮人群呼：

「當奈何！」

此時王莽真如熱鍋上的螞蟻，惟身穿一件深青而發赤的衣服，帶著皇帝的「璽韍」，手裡拿著「虞帝匕首」，前面擺著一個「威斗」，旁邊有一位天文郎替他轉動斗柄，他就隨著斗柄所指的方向而坐。王莽自言自語說：

「天生德於予，漢兵其如予何！」

說話的時候，王莽的內心充滿儒教的自信，但是聲音卻很微弱，因爲他已經連續好幾餐沒吃了。

翌晨，天方明，群臣扶持王莽，自宣室前殿，南下階台，出白虎門，乘車逃往漸台。漸台在池中，欲阻池水以拒賊。公卿大夫、侍中、黃門郎千餘人跟隨著他。王邑晝夜戰，疲極，見其子睦欲逃，叱令還，父子共同守護王莽。士兵死傷將盡，賊兵圍漸台數百重，官兵矢盡無法再射，乃短兵相接，王邑父子、王巡、王揖、趙博、苗訢、唐尊、王盛等皆戰死。

午後時分，賊兵攻上漸台，商人地主階級出身的杜吳殺莽，取其綬；賊兵分裂莽身，爭相殘殺。王憲得莽首，自稱漢大將軍。後更始將李松、鄧曄、申屠建等至，殺王憲，傳莽首於宛。懸宛市，百姓共擲擊之，有的甚且切食莽舌。

王莽手下揚州牧李聖、司命孔仁、曹部監杜普、陳定大尹沈意、九江連率賈萌皆不屈，或爲莽守，或自殺。

更始敗亡

劉玄到達長安，大封宗室、功臣，新市、平林的將領，乃至下級軍官，起義的商人地主，人人有賞，其所任官皆起事之初的草莽人物。長安流行語：

「灶下養，中郎將；爛羊胃，騎都尉；爛羊頭，關內侯。」

更始至此以爲大業已成，於後庭備宮女數千，鐘鼓、帷帳、輿輦、器服、太倉、武庫、官府、市里不改舊觀，繁華奢侈如故。日夜與婦人飲讌，群臣欲言事，輒醉不能見，完全不顧來日建設更爲重要。加上受制於群盜，不能自振。當時李軼、朱鮪專命於山東，王匡、張卬橫暴於三輔，更始不能禁。

赤眉自敗廉丹後，因更始、劉縯繼起，王莽集中力量應付宛下劉氏，赤眉藉機坐大，散布汝南、潁川、陳留一帶。更始攻陷洛陽時，樊崇等曾親至洛陽，詣謁更始，更始封之爲侯，但並無國邑，仍爲游兵。

更始進入長安以後，農民的飢餓問題未獲解決，於是樊崇開始游動。他把赤眉兵分爲兩部，一部由他自己和逄安領導；另一部由徐宣、謝祿、楊音領導。樊崇所部，南攻長社，進陷宛縣，殺縣令。徐宣等所部，則東拔陽翟，北擊梁，殺河南太守。然而當時的河南，赤地千里，城無所奪，野無可掠，所以赤眉衆雖屢戰皆勝，而疲敝厭兵，皆日夜飲泣，思欲東歸。樊崇等知一旦東歸，群衆必散，因此轉而進攻長安。

更始二年（二四年），冬，赤眉分兩路西進：樊崇等自武關，徐宣等自陸渾關。三年（二五年），兩軍俱至弘農，敗更始軍，衆遂大集，乃重新編制，以萬人為一營，凡三十營，每營置三老從事各一人。進至華陰，有士人方陽者，怨更始殺其兄方望，乃勸樊崇立宗室、建名號，以討更始。樊崇等以為然。六月，遂議立城陽景王章（高帝孫朱虛侯劉章）後，時城陽景王後裔在赤眉軍中者有七十餘，只劉盆子、劉茂、劉孝三人為最近屬，乃於軍中設祭壇，祀城陽景王，以三札令三人抽取，盆子抽中。盆子時年十五，被髮赤足，乃為之製天子衣冠。以徐宣為丞相，樊崇為御史大夫，逢安、謝祿為左右大司馬。

赤眉逼近長安，更始部將申屠建、廖湛等以為局勢險惡，關中不可居，諸人欲挾持更始東走，更始乃斬申屠建等。諸將內訌，戰於長安城內。九月，赤眉入長安，更始降，封為長沙王。但赤眉暴虐，三輔人民反思念更始，赤眉將謝祿恐遺後患，乃縊殺更始。

劉盆子雖爲帝，但諸將喧嘩爭功，拔劍擊柱，甚至在臘日大會上格鬥成傷，盆子不能禁。赤眉戰鬥力雖強，但三輔大饑，人衆逃亡，赤眉人多無食，只好引兵東去。此時光武已定河北。次年（二六年）正月，鄧禹自河北渡河攻赤眉。赤眉出函谷南向而走，光武將馮異破之於崤底。劉盆子乃率樊崇、徐宣等歸降光武。

後漢創立

正當赤眉、新市、平林等農民大叛亂之際，前漢的貴族官僚土豪流氓乘時紛起，揭櫫「反莽興漢」旗幟，企圖在農民大叛亂的火焰中，投機冒險，奪取政權。除劉玄、劉縯外，著名者有：王郎稱帝邯鄲（河北邯鄲）、劉永擅命睢陽（河南商邱）、公孫述稱王巴蜀、李憲自立淮南、秦豐據黎丘（湖北宜城）、張步起於琅邪（山東諸城）、董憲起於東海（江蘇東海）、延岑起於漢中（陝西漢中）、田戎起於夷陵、隗囂起於隴西（六盤山以西）、盧芳起於朔方、竇融起於河西、彭寵起於漁陽。

更始元年（二三年），劉秀奉更始命循河北，鎮撫州郡。時卜者王郎詐稱成帝之子劉子輿，在邯鄲自立爲天子，劉秀乃入信都（河北冀縣），招募精壯四千，移檄邊部，共擊王郎。於是北擊中山，拔盧奴（河北定縣），南下眞定、元氏、防子等地，斬王郎將李惲於鄗（河北高邑），又破李育於柏人（河北邢台），乘勝進拔廣阿（河北隆平），軍威大振。更始二年（二四年）拔邯鄲，斬王郎。更始遣使立劉秀爲蕭王。令罷兵，赴長安，劉秀藉口河北未平不應徵，自此與更始反目。

王郎敗死後，河北境內盜賊蜂起，劉秀首先擊滅銅馬，降其衆三十餘萬，兵勢大盛，而有「銅馬帝」之稱號。又勝高湖、重連與銅馬餘黨於蒲陽；再勝大彤、青犢於射犬（河南沁陽）。又南循河內（河南淇縣至沁陽地區，爲當時之黃河北岸）。次年（二年），河北廓清。有儒生彊華，從關中奉赤伏符來見劉秀，符上書：

「劉秀發兵捕不道，四夷雲集龍門野，四七之際火爲主。」

劉秀認爲天與人歸。是年六月，正式即皇帝位於鄗南，改元建武，仍以漢爲國號，是爲後漢光武帝。

光武既登極，乃規畫統一策略，以邯鄲、河內兩富庶地區爲基地，進取洛陽、長安。十月，更始之主將朱鮪以洛陽降，光武即入都洛陽。又以洛陽、河內爲總策源，依中國地理形勢，將群雄分爲關東、關西兩部分，彼居於中央位置。爲避免兩面作戰，採取西和東攻，待掃平東方群雄，再併滅西方，統一全國。因此先拉攏關西群雄：天水隗囂、武威竇融、成都公孫述，專力擊滅關東群雄。待關東已定，再一面對公孫述暫採守勢，一面籠絡竇融，以打擊隗囂。隗囂滅後，竇融不能獨存。最後公孫述亦將走上滅亡之途。

東方群雄中，以劉永對光武之威脅最大，且其爲文帝子梁孝王八世孫，比光武的譜系還要正統得多，因此光武首先殺劉永，平河南。其次降張步，取山東。誅李憲，定淮南。破彭寵，定漁陽。滅秦豐，取荊州。東方既平，箭頭乃指向西方，降隗囂，定隴右。殺公孫述，平蜀。河西竇融歸附。又敗盧芳，平塞上。建武十三年（三七年），中國再度統一。

【下 篇】

是非爭議

王莽雖已去世近二千年，然棺蓋，而論未定，西洋人對其評價迭有新說，似將永隨歷史演進下去。茲先舉與王莽同時，且做過王莽「典樂大夫」的桓譚對他的批判。

桓譚

桓譚在所著《新論》裡載，王莽有過人的智力、辯才和威嚴。他的智力足以飾非奪是；辯才足以窮詰說士；威嚴足以震懼群下。群臣既無能抗答其論，亦不敢犯顏規諫，終至亡敗。究其原因，不外「不知大體」也。

王莽自秉國政以來，常以賢聖自居，而睨視群臣，以爲群臣才智低劣，不足以任事，故常師心自用，不肯與群臣共商國是。一意孤行的結果，是行政功效不彰，以致滅亡。又王莽傾慕先聖之治，對於漢家法令多所變更，事事仿古，所尙非務，其結果是萬事廢亂。王莽之北伐匈奴，東擊青、徐諸郡叛賊，皆不爲兵擇良將，但用世姓及信謹文吏，或素所喜愛的親屬子孫，或非權智將帥之材者，是以常敗。王莽之不識大體，恰與漢高祖之識大體，知用張良、蕭何、韓信，而得天下；揆度己力，政合於時，民臣樂悅的情形大異其趣。

桓譚又謂王莽爲人殘酷，刑殺人後，復加毒害，甚至活活把人燒死，以醯五毒灌死者肌肉，以荊棘刺屍體，剖視死人五臟。賢者貴有仁心，王莽之行徑，去賢者遠矣。

王莽好迷信，喜卜筮，相信吉時凶日，敬事鬼神，建廟祭祀，吏卒辦治，苦不堪言。及外患內憂起，苦無良策自救，乃馳南郊告禱上蒼，搏心呼冤，號啕大哭，希冀上蒼憐憫解救他。臨死還抱著符命、威斗。足見其蔽惑之深。

王莽既不費一兵一卒而篡取天下，乃懷貪功獨專之利，不肯封建子孫及同姓戚屬，爲藩輔之固，故亂起莫之救助也。傳曰：

與死人同疾者，不可為醫；與亡國同政者，不可為謀。

王莽的行徑絕類暴秦！

又王莽嘗徵聚天下賢智才能之士，而不肯用。這些人有被戲耍的感覺，因而懷恨、誹謗之，王莽卻一點也不知悔改，所謂「肉自生蟲，人自生禍」也。

綜合桓譚之論王莽，以爲王莽生性殘忍、行類暴秦、不用賢士、不識大體；雖有過人智力、辯才、威嚴等優點，但終不免亡敗。

桓譚，字君山，約生當於漢成帝陽朔二年（前二三年）至後漢光武帝建武三十二年（五六年）。他富有學識，凡事有自己見解，所見不合，便直言指斥，絕不屈於權勢，亦不阿隨世俗，因而不爲統治者所喜，終其一生未得重用。然而王充卻稱讚桓譚善於「質定世事，論說世疑」。又肯定桓譚《新論》一書的價值，說桓譚作《新論》，「論世間事，辨照然否，虛妄之言，僞飾之辭，莫不證定」。足見桓譚是一個富於批判精神的人，且其個性守正不阿。其評論王莽，也許有幾分眞實，值得相信。惟其官場失意，或許有些怨恚；且本身又跨後漢光武一朝，政治立場爲何，不無疑問。

班固

班固之論王莽，則完全站在後漢政權的立場，雖然王莽的屍骨早已腐朽，還是要把他再度鬥臭。班固於所著《漢書．王莽傳》中，對於王莽的長處一概抹殺，且認爲王莽是一個虛僞邪佞的人。

班固說，王莽之折節力行，乃爲沽名釣譽，以使宗族稱讚他孝順、師友稱讚他仁厚。又王莽之居高位輔政，於成、哀之際，勤勞國事，直道而行，聲譽鵲起，實是不仁之人假借「仁」名的虛僞行爲。且其朋黨比周，所以能在家在國皆有令譽。

王莽既是一個不仁之人，又是一個不學有術的人，他的崛起，皆因適逢漢祚中衰，而王太后又老耄長壽，長期爲王氏外戚護航，大力提攜王莽，所以王莽才能繼執王鳳、王音、王商、王根四父留下的權柄。這是天時，而不是民心之歸向。

王莽即位後，自以爲是黃帝、虞舜等聖王再世，乃大肆耍其威詐，欺天虐民，窮凶極惡，毒流諸夏，亂延蠻貉。又新政一無是處，民不聊生，中外憤怨，非但禍遍生民，且殃及無辜死者。自古以來，亂臣賊子，無道之人，其敗亡沒有像王莽這樣淒慘的。

班固又認爲，王莽的提倡儒術，充其量只是以六經來文飾他的姦言姦行，與秦始皇的焚書坑儒暴行，只是一線之隔而已。一個無德又沒有「天命」的政權，豈有不滅亡的道理。紫非正色，鼃非正曲，王莽的篡位，不得正王之命，正如歲月之餘分閏位。終爲光武帝所驅逐蠲除。

班固這種忠奸觀念的論調，爲後漢以後的史家所承襲，使後人也大都認爲王莽乃一亂臣賊子。

王夫之

王夫之之論王莽，除承繼班固的虛僞邪佞之外，又加諸「姦而愚」，直非把王莽塑造成不可饒恕的歷史罪人不可。

王夫之《讀通鑑論》認爲，王莽爲人既姦且愚，非但無曹操、司馬懿之才，且於國無功，爲何能輕易篡位？究其原因不外漢祚中衰，成帝耽於女寵（趙飛燕姊妹），哀帝暱頑童（董賢），縱其獷吏賊民；唯民心先潰於死亡，而後王莽才得以私恩市之。

又前漢自武帝以來，至元、成時代，僞風盛行，也助長王莽篡漢之勢。當時的士大夫以鄙夫之心，挾儒術以飾其貪頑。折節力行的王莽，自以爲是周公、虞舜再世，虛僞得恰到好處，流風所被，得到民衆如癡如狂的擁戴。故王莽自號安漢公，未及歲而接收劉漢全盛無缺的天下，其速度之快，前所未見。

又王太后之援引王莽，處處爲王莽掩護，使王莽有充分的時間部署爪牙，最後將劉氏政權輕易地納爲己有。王太后誠前漢之罪人也。

王夫之論新莽之亡則謂，王莽登極，而虛僞如常，竊仿古人之制，如命大司農部丞十三人，人部一州，以勸農桑，此蓋仿效詩〈七月〉勸農之事。又養生、送死、嫁娶、宮室、器服等等，無不模仿古制。諸如此類，縱使模仿極似，但毫無精神可言，實亦自欺欺人之舉。蓋竊仿之而不效，則可以「吾既以行君子之道矣」搪塞。最可怕的，非但持空文，且立苛禁，百姓無所適從，豈有不敗之理。此所謂跡象可竊，精神不可竊也。

又王莽虛僞至極，最後竟以孔子自擬，而天下習於莽之僞俗，相師於僞，其行僞，其心亦僞。日蒸月變，羞惡是非之心，遂迷而不返，而禍患遂生於不測矣。

王莽之召亂，自伐匈奴始，其欺天罔人，疲敝中國，禍由此發。秦之敗亡，並非由於築城治郭遠征匈奴之害，而是役使百姓建阿房宮、築驪山陵、巡行無度、力役三十倍於古的緣故。漢武帝之疲敝天下，也並非由於掃平漠南、重創匈奴之害，而是役使百姓營造建章宮、柏梁台、禱祠祈仙、貪一馬而遠征大宛、勞民傷財的緣故。秦因力戰而得天下，民未休息，而築戍之役暴興，故民怨起。漢則承文、景休息之餘，中國無事，武帝乘之以除外逼之巨猾，至宣帝，國力達於極盛。垂及哀平，單于亦臣服不貳。王莽之篡漢，更屬理虧，民心未安，而亟用不知兵之赤子，以伐匈奴，是其爲秦之續，而必暴於秦也。

王夫之直視王莽爲「國賊」。但他亦說王莽之聚兵轉餉以困匈奴，爲久遠之計，未嘗非策。反而批評嚴尤欲深入霆擊匈奴乃謬計也。

趙翼

趙翼《廿二史劄記》以爲，漢祚中衰，國統瀕絕，而元后長壽，王莽藉其勢以輔政，援立幼弱，手握大權，詭託周公輔成王。由安漢公而宰衡，而居攝，而即眞。又迅速平定劉崇、翟義等之亂，其威力所劫，亦已遍天下靡然從風。使能逆取順守，沛大澤以結人心，則天下雖未忘前朝，而亦且安於新政，未必更有發大難之端，起而相抗者。惟王莽虛僞成習，動輒引經義以飾其奸，如引《尚書．君奭篇》周公服天子袞冕，南面朝群臣，發號施令，常稱王命；引〈康誥篇〉周公居攝稱王，以爲其居攝稱假皇帝的理論根據；又以漢高廟爲文祖廟，取〈虞書〉受終文祖之意；且引《禮記．明堂位》周公朝諸侯於明堂，踐天子位，制禮作樂而天下大服；又引孔子作《春秋》，止於哀公十四年而一代畢，協之於今，亦哀之十四年也。蓋哀帝即位六年，平帝五年，居攝三年，共十四年。爲其篡漢找理論根據，侮皺聖言以濟其私；又引《禮記》、《孝經》定封建之制。

一味仿古文飾，遂使新政一無是處。收天下田名曰「王田」，禁不得買賣，一夫田過一井者，分與里族，敢有非議者投四裔。又禁蓄積五銖錢，犯者亦投四裔，於是農商失業，以賣田積錢坐罪者，不可勝數。又設「六筦」之令，令州縣酤酒賣鹽，鑄造鐵器，諸採取名山大澤衆物者，皆稅之。凡此皆招民怨。誘西羌獻地，置西海郡，西羌以失地遂叛。改蠻夷諸王皆爲侯，單于大怒，遂寇邊；鉤町王亦叛，凡此皆召怨於外夷地。北伐匈奴，征討鉤町，戰禍連年而無功，兵疲民困，終於四海沸騰，寇盜蜂起。人心思漢，諸起事者，非自稱劉氏子孫（如卜者王郎僞稱成帝子子輿，盧芳詭稱武帝曾孫，劉文伯詭稱曾祖母爲武帝后），即以輔漢爲名。

王莽之敗，實由於人心思漢；而人心之所以思漢，實由王莽之激而成之也。當其僭逆已成，卻不知撫御百姓，以爲天下盡可欺而肆其毒痛，結怨中外，土崩瓦解，猶不以爲憂。更銳意於稽古之事，以爲制定則天下自平。日夜講求制禮作樂，附會六經之說，不復省視政事。終致製作未畢，而身已爲戮矣。王莽之見識，眞不如三尺孩童。王莽之敗，詐也，愚也。

趙翼又評王莽多自殺子孫，其子王宇以勾結衛氏，被執送獄，飲藥死，宇妻懷子繫獄，俟產後亦殺之。獲則以殺奴，被迫自殺。臨以通侍兒原碧，懼事洩，謀殺莽，賜藥自殺，臨不肯飲，莽乃自刺殺之，臨妻亦自殺。孫王宗自畫容貌，服天子衣冠，私自與因罪被徙合浦的母舅呂寬家通信，亦被迫自殺。王莽兄子光，以私囑執金吾竇況，爲之殺人；王莽大怒，切責王光之濫用權勢報私仇，光與母親一起自殺。是莽三子一孫一從子，皆爲莽所殺。王莽但貪帝王之尊，而無骨肉之愛，託大義滅親之說，以立名也。

呂思勉

呂思勉之論王莽，已脫出班固、王夫之的窠臼，其持論亦較客觀。呂思勉《秦漢史》說哀帝崩，無子，太皇太后（元后）即日駕之未央宮，收取璽綬，遣使者馳召王莽，自任王莽爲大司馬，此固不能爲元后咎。蓋漢用外戚既久，以當時情勢而論，能出膺此鉅任者，則非王莽莫屬。

又評王莽之斥絕衛氏（平帝母家），漢既習用外戚，是時之衛氏，自不免有人援引。王莽之斥絕之，亦自不得不然。而權力轉移之際，戈矛起於庭闈者甚多，世族子弟，尤多無心肝；王宇之交通衛氏，蓋亦惑於權力也。《漢書》說王宇恐帝長大以後見怨，故私自勾結衛氏，爲他日打算也。然王氏當是時，勢已騎虎難下。若顧慮後患，則何止一衛氏？當時平帝必不能至於長大而親政，愚人亦知此理。

呂思勉評王莽的新政，凡莽之所懷抱者，多未能行，或行之而無其效，雖滋紛擾，究未足以召大亂。其召亂者，皆其均貧富之政，欲求利民，而轉以害之也。

至於教化方面，王莽雖亦有心改革，惟承襲漢宣帝以來，離生活而言教化，沽名釣譽之陋習，遂反啓百姓矯誣之風。

又評王莽改官制說，設官分職，實爲出治之原；體國經野，亦宜與地理相合。莽之加意於此，不可謂非知治本，然其制度，皆慕古而不切實際。授茅土後，以圖簿未定，未授國邑。其後歲復變更，一郡五次易名，而還復其故，吏民不能紀。每下詔者，輒繫其故名，徒滋紛擾，而制度實未定，更遑論其行之矣。

學術方面，呂思勉則肯定其價值，呂氏以爲王莽之專制，頗類於秦始皇；而其於學術，則與始皇大異。始皇燔詩書，禁偶語；莽則爲學者築舍萬區，又立《樂經》，益博士員，網羅天下異能之士……等。

王莽新政之所以失敗，實由於規模過大，徒滋紛擾。且其病又偏重於立法，而不計可行與否。雖亦欲行督責之術，而弊端終將百出無已，斷非督責之術所能補救也。

又其以擅權得漢政，故甚畏備猜防其下，雖嚴於督責，而卒弗能勝也。

又舉事規模過大，以致流於奢侈浪費而不自知，此亦王莽之一失。如始建國四年

（一二年），莽下書，欲以五年二月東巡狩，後以太皇太后（元后）金體未安而止，然其準備之所費已不貲。又起九廟，窮極百工之巧，功費數百鉅萬，卒徒死者萬數。又博採鄉里淑女百二十人，欲法黃帝致神仙。凡此皆已種下敗亡之因，而王莽竟不自知其所處之環境，正如魚游沸鼎之中，燕巢危幕之上矣！

又「無誠」亦為王莽之致命傷，所謂「不誠無物」，人之才智恆略相等，欲一手遮天，塗飾萬民耳目，人若不自誇飾，別人或會原諒；若誇飾已能，則必為人唾棄也。故徒自標榜，未有不招人厭惡者。

呂氏又評王莽之用兵，惟知以多為貴，多而不整，反致一敗塗地，故皆莽之自敗，而非漢之遺孽、飢餓之農民敗莽。

錢穆

錢穆先生《國史大綱》謂王莽受禪，一面循漢儒政治理論之自然趨勢，一面自有其外戚之地位及個人之名譽為憑藉。王莽姑母，為孝元皇后，元帝以後的成、哀、平三君皆不壽。莽諸父鳳、音、商、根相繼執政而及莽。王莽內有元后為其宗主，又乘四父歷世之權，其地位、聲望已尊。加以王莽又不失書生本色，治禮，務恭儉，迂執信古而負大志，恰合時代潮流。漢儒群主讓賢，而苦無一明白的選賢制度。王莽在政治上學術上均足膺此選格，遂爲一時群情所歸向。

王莽的王田、廢奴，用意在解決當時社會兼併，消弭貧富不均，此爲漢儒自賈誼、董仲舒以來之共同理想。其六筦、五均，有似武帝時之鹽鐵酒榷算緡均輸，實亦一種如近代所謂之國家社會主義，仍爲裁抑兼併著想。王莽的貨幣改革，使民間經濟根本發生動搖，極爲擾民。然究其用意，仍爲求達裁抑兼併，平均財富之目標而起。

王莽新政之所以失敗，約有數端：

㈠失之太驟，無次第推行之計畫。

㈡奉行不得其人，無如近世之政治集團擁護推行其理想。

㈢多迂執不通情實處，復古傾向太濃厚。莽之得國，多本齊學，有太涉荒誕者。莽之新政，多本魯學，有太過迂闊者。

王莽失敗後，變法禪賢的政治理論，從此消失，漸變爲帝王萬世一統的思想。政治上只求保王室之安全，亦絕少注意到一般的平民生活。這不是王莽個人的失敗，而是中國史演進過程中的一個大失敗。

姚秀彥

姚秀彥《秦漢史》指出，王莽成功的客觀因素有二，一是外戚，二是儒學；特殊因素則是他個人表現的孝悌廉勤、克己不倦。前漢季世，外戚秉政儒學治國之時，王莽既是外戚，又是儒者。又值漢德已衰，禪讓之說風行之際，王莽既行孚衆望，在作爲方面，又想推行周制，以解決戰國以來諸問題，形勢所趨，終於代漢。

王莽自身是儒者，所以對於學術文化有極高的熱情，這是前此所無的。雖然他的國策大而無當，但也做了不少事，尤其是資料的蒐集與整理方面，如《漢書》的〈地理〉、〈藝文〉諸志，資料詳盡，都是王莽時代的成績。而且在學術至尊的原則下，竟也打破了男女界限，崔駰之祖母師氏，能通經學百家之言，王莽寵之殊禮，賜號義成夫人，金印紫綬，文軒丹轂，名顯於當時。

教化乃治國之本，王莽既以周公爲表率，因此對於文王的化及邦國，以致耕者讓畔、行者讓路、訟者自息那種境界，是非常企慕的。王莽自身對於爵位奉邑的辭讓，也希望化及萬民，原則是無可指責的，但教化非一時所能奏效，更非一個欺飾蒙蔽的環境所能達成的。因此，王莽這種期望，大概都化成美麗不實的書面文字。

王莽改革田制的動機，確是基於信慕古聖的理想，以及悲憫貧苦的仁心。其方法也是拔山超海之勢，不再消極地限田，而收土地爲公，重新分配。可是，他忽略了現實問題，三百多年來的私有制度，田各有主，一旦要改爲公有，等於奪人之田。沒有新思想的催生，生產工具也沒有改變，沒有實施的方案和步驟，徒然與大地主爲敵，而小民未得其惠，所以敵對滿天下，助者無幾人，終歸於失敗。

賦稅方面，大量增收各行業營業稅，及高消費者的稅，這在工商業發達的社會，是十分公正而需要的。至於國營事業的政策，在原則上，是無可非議的，但執行的效果如何，則很難驟下論斷。

王莽能注意到社會問題，自是前人所不及的。他的社會政策，一是訂定制度，確立社會秩序，凡吏民養生、送終嫁娶、田宅、器械、車服、器用，皆訂制度，不得僭濫。他的目的是想恢復周代貴賤有序、男女有別的社會。二是解放奴婢，王莽具有先儒「人類平等」的觀念，對奴婢的牛馬其生，與主人的專斷其命，深植同情與不平。但是，沒有具體的方略，只是規定奴婢不得買賣，進而寓禁於徵，下令諸有奴婢者，一律一口出錢三千六百，相當於普通人的三十倍。他不察考奴婢的來源，也不給予思想上的鼓吹和釋放後的安排，徒以重法制止，奴婢的主人無法承受，奴婢也未蒙受其惠，反而使豪富們挾奴婢之力，組成反莽力量，不亦悲乎？

王莽的對外政策，重理論不顧實際，重原則而缺乏彈性，使原本已順服的四夷，爲了不必要的問題而紛起叛變。

又王莽其人，權利慾極強，其處心積慮，矯行僞言，以謀奪漢之天下，是毋庸諱言的。但他與一般篡竊者確有不同之處。第一，除權力外，他有理想，他抑富右貧的經濟政策、悲憫貧困的社會政策、人貴平等的奴婢政策，都非一般貪戀權勢享樂爲生的人所能想到的。第二，他好學成癖，克己不倦，菲衣惡食，以厚待天下之士，雖有部分權術意味，但也是一般人之所難能。第三，他偏執一種似是而非的公的觀念，這種觀念蓋過親情，對於自己的兒孫，絲毫不假以顏色，三子一孫一姪皆因罪而死，這不能不說是他特殊的地方。

王莽最大的缺點是，第一，偏重立法，不重實行；重理論，不重實際，甚至立法也過於泥古。第二，以迷信自欺，終以此敗；國將興，聽於人，將亡，聽於神，莽讀書多，不料竟買櫝還珠。第三，以權詐待人，人亦以權詐應之，上下相與欺瞞，致使事實眞相與問題癥結皆茫然不知，當然去敗亡不遠。第四，能下士而不能用士，才智之士盈庭，而唯師心自用。此皆爲新莽敗亡之原因。

傅樂成

傅樂成《中國通史》評，王莽的行爲，看來確似有些「僞」，也有些「愚」。事實上，前漢的僞風，並不始於王莽。武帝以後士大夫好以儒術掩飾其劣行，日久形成僞風，至元、成時代而極盛，王莽不過承襲此僞風而擴充之。最初他以僞獲得名譽，得意之餘，乃至無往而不僞。其後，他以僞取得帝位，而終又以僞失之。至於說他愚，則只是一種錯覺。他有他的政治理想，同時他的變法，也絕非愚人所能瞭解。但他缺乏政治才能，以致失敗。他不但迷信復古，而又事事行之以僞，因此看來令人有愚的感覺。

王莽的新法，是爲整個前漢政治作一通盤的改革。戰國中期，孟子即主張改革田制，前漢儒者雖也有不少主張均田的，但大都徒託空言。直到王莽，才使孟子以來三、四百年的空論，見諸實行。他改革的勇氣與理政的勤勞，都是少見的。他的新法，雖有若干處違背政治社會進化的原理（如封建、幣制），但其中亦不乏針對當時的病象而制定的，其用意也大都是爲救民（如王田、五均賒貸等）。這些地方，不能因他的失敗而一概抹殺。

戰國時期，「禪讓」思想大盛，但這種思想最後爲秦國「萬世一系」思想所阻遏。到前漢，禪讓思想又盛，王莽便是其力行者。雖然他取得帝位的手段有可議之處，但從若干事蹟看來，他確以新聖自居。他的篡漢，除了爲滿足權位慾外，爲實現他本人的政治理想與抱負，似也是原因之一。同時「讓國傳賢」的思想，也確曾流行於前漢中期以後的士大夫之間。但因爲他的失敗，這種思想又告消歇。總之，王莽是實際政治的失敗者，也是復古思想的殉道者。他在政治舞台上所表現的一切，雖然最後都歸幻滅，但實在是不平凡的。

翦伯贊

翦伯贊氏《中國史綱——秦漢之部》批評王莽是一個善於製造假輿論、打擊眞輿論，混淆黑白的人。又是一個常把仁義道德掛在口上，用聖經賢傳掩飾私心的亂臣賊子。是一個「篡竊的聖人」。

王莽的復古，是執行改良主義的一種手段。王莽對經濟制度的改革，主要在打擊商人地主之土地兼併、物價壟斷和高利盤剝，以期由此而緩和農民的叛亂，使土地所有者的政權（封建政權）轉危爲安。

王莽的王田政策，乃為穩定社會秩序，使農著於土，人安其命，天下才能安寧。六筦政策，由國家專賣，以打擊商人的專利。五均的平價辦法，則為打擊商人之囤積居奇，壟斷物價。賒貸，顯然亦可打擊商人地主的高利貸。貨幣改革，則是想用一些龜貝之屬，去吸收商人地主的金錢。

若從當時社會經濟所發生的病症看來，王莽的改革，正是對症下藥。假使能順利推行，則王莽的政權也許可以持續下去。但是，可惜用非其人，弊端百出，以致引起商人地主之激烈反對，終於都失敗了。然而，王莽確是中國史上最有魄力的一位政治家。

周乾濚

周乾濚《桓譚簡論》以為王莽之所以失敗，剛愎自用固是問題；而其真正原因，卻是由於階級壓迫日益加深，人民無法生存。

孟祥才

孟祥才《王莽傳》則批評，王莽是前漢末年豪族地主和富商大賈的政治代表。王莽統治集團是由最腐朽的豪族地主和富商大賈組成的。王莽是一個匿情求名、居心叵測的陰謀家和政治騙子。他用極其卑劣的欺詐手段，篡奪了漢家的天下，比霍光、曹操更惡劣。王莽的厲行儉約、嚴守法紀、獻田獻錢以賑濟貧民，皆為沽名釣譽耳。

孟氏又以為：王莽的改制是反動的，他是一個倒行逆施、脫離現實、與風車搏鬥的夢幻騎士——唐吉訶德。王莽推行「王田」制，所遇到的阻力，不僅來自貴族、官僚、豪族地主等大土地所有者，也來自廣大的小自耕農。因為土地買賣是封建社會長期存在的現象，凶年饑歲，固然造成大批小自耕農破產，但在另外的情況下，有些小自耕農經濟上升，他們又希望買進一部分土地，以改善自己的生活處境。而王田政策的公布，則杜絕了他們發財致富的幻想。因此，他們理所當然地要反對禁止土地買賣的法令。這樣，王田制就必然遇到來自幾乎所有階級的不滿和反抗，從而失去了它存在的社會基礎。

從封建社會經濟發展的長遠觀點上看，土地兼併並非壞事。因為，土地兼併是商業資本和高利貸資本衝擊舊土地勢力的表現：它使舊的土地所有者不斷瓦解，使土地所有權不斷轉化。這樣就使得中國封建社會裡，難以形成數百年不衰的大土地所有者，以及穩定的莊園經濟，這對於封建經濟關係內部的推移和變動是有利的。王莽的土地改革，不僅在當時無法實行，而且即使實行了，也必然對封建經濟的發展帶來嚴重的危害。如要解決土地兼併問題，應採取較溫和的政策，如限田、假民公田、賜民公田等，或許對生產的發展較爲有利。

王莽對於今、古文經學，基本上是一視同仁的，因爲他既要從古文經中，爲改制尋找理論根據，又要利用雜有讖緯學的今文經，爲奪取政權和鞏固政權服務。王莽對於今文經和古文經是採取兼收並蓄、各得其所的態度，無所謂偏袒的。此由王莽不但從未改變今文經的官學地位，而且始終沒有忽視今文經的作用可知。

蕭立岩

蕭立岩評介孟祥才著《王莽傳》，以爲王莽爲扭轉前漢末年極度衰頹的社會風氣，而採取的厲行儉約、嚴守法紀、獻田獻錢以賑濟貧民等積極行動；以及改制中針對當時社會嚴重弊端而提出的「齊衆庶，抑併兼」等思想，是值得注意的。

由前漢王朝的歷史證明，昭帝、宣帝以來多次頒布的「假民公田」或「賜民公田」，以及更早實行的遷徙富豪、減免田租等政策，對於阻止土地兼併的發展，幾乎是無效的，甚至還「適足以資豪強」。至於哀帝時，一度制定的限田、限奴方案，在地主、官僚們的強烈反對下，也只能以「詔書且須後，遂寢不行」而告終。以上事實說明，這些辦法都不能解決土地兼併問題。貪得無厭的大土地占有者，也絕不會因感激皇帝的寬容，而自動停止土地兼併。到了前漢末年，兼併問題愈趨嚴重，更非點滴改良政策所能奏功。由此看來，透過國家法令的形式，採取強制手段，限制地主豪強和富商大賈的利益，以緩和極度緊張的階級關係，的確已成為當時有遠見的地主階級政治家無法迴避的問題。王莽改制實為形勢所迫，絕不是脫離實際的盲目行動。

我們似亦沒有必要過分強調王莽個人的品德如何，以及他取得帝位的手段是否光明正大。因為中國封建社會中，獵取皇冠的逐鹿者們，包括名君如唐太宗、宋太祖等人在內，他們所採取的手段也不見得比王莽仁慈；更不用說曹丕之篡漢、司馬炎之篡魏，以及南北朝、五代君主們的篡弒相仍了。為謀取帝位，甚至不惜骨肉相殘，是貪婪的中國封建統治者的通病，何必獨苛責王莽？霍光、曹操雖未及身稱帝，但威風八面，生殺予奪，挾天子以令諸侯，其實比眞皇帝更擅權。我們不必以這種是否及身稱帝作為衡量古人忠、奸、善、惡的標準。唐代詩人白居易詩：

周公恐懼流言日，王莽謙恭下士時，

假使當年身便死，一生真偽有誰知？

就是最佳的詮釋。

尚銀

尙銀《中國歷史綱要》評王莽之經濟政策，認爲當時私人工商業正積極向上發展的時候，王莽以朝廷的權力，強制均平物價，控制商業資本的活動，禁止工商業競爭，取消了刺激生產發展的重要因素。

胡適、李鼎芳

胡適說王莽是一個社會主義者。李鼎芳則堅決駁斥胡適的說法，李鼎芳《論王莽》評，王莽之所以逐漸走向政治舞台，除了他是外戚權貴的家族，是皇太后的外甥外，亦由於他能固結伯父大司馬大將軍王鳳，而得以向上爬；又由於他學過《禮經》，影響了他一生的行爲，使他能做出一套虛僞的禮數，也結交了一些所謂「名士」，來幫他奪取政權。

王莽利用各種手段，打倒了他的政敵淳于長，繼他叔父王根爲大司馬。又排擠紅陽侯王立、平阿侯王仁，並且強迫他們自殺。他是一個陰險擅權、淫刑以逞的人，又是一個虛僞、沽名釣譽的人。他的兒子王獲殺奴，他便令獲自殺。殺奴婢在當時本來可以減罪的，他卻要兒子償命，於是令人心服，人們覺得王莽是公正的，因此得到人們的同情。

王莽處心積慮，只爲了一個目的，那就是抓牢政治實權。爲達成目的，他不惜打倒別的集團，用嚴刑峻法爲手段，培植自己的勢力。他做了宰衡以後，群臣都受他的強迫指使，奉命爲他歌功頌德。又積極地諂媚和固結他姑母的歡心，來穩固自己的地位。

王莽本身是一個大地主，他受封安漢公時，曾經一次獻出三十頃田地，助給貧民，這是他鞏固自己權位、收買人心的作法。而當他把女兒嫁給平帝時，故意不受新野的田，因爲他已經決心而且有可能奪取整個國家政權；等到做了皇帝以後，他便實行改制，更名天下田爲王田，也就是說「普天之下，莫非王土」，所有土地都是他的了。所以他的王田制，實在不是想解決社會問題，而是想用西周時期的辦法，來鞏固和提高他的皇權。

王莽是一個非常吝嗇好利的人，我們從他臨死時，守著六十櫃，每櫃一萬斤黃金這件事來看，就很清楚知道。而他的好利，尤其表現在對錢幣不斷的改革上。王莽的弊制改革，只爲奪取五銖錢及黃金；只爲用較少的物質來騙取更多的物質。這樣的搜括，弄得「每一易錢，民用破業而大陷刑」、「農商失業，食貨俱廢」。

王莽所做的一切，都根據《周禮》，他以《周禮》作爲統治者的金科玉律。他想用封建初期的制度和孟子書中的井田制度行於當世，結果違反了歷史的發展。又中國封建經濟，於春秋、戰國時，已由領主經濟轉變到地主經濟；地租形態，已由力役地租轉變到實物地租；土地的占有形式，已由領主的分封世襲占有制轉變爲土地可以買賣的地主占有制。剝削的關係，也由領主對領民或農奴的剝削，轉變爲地主對佃農的剝削。前漢時，固尚有領主制度的殘餘，然而只是形式上的衣租食稅的侯王制，與封建初期的領主經濟完全不同，七國之亂以後，侯王的力量更小了。所以若說王莽代表領主階級來與地主階級鬥爭，那是不合於實際的。

王莽的改制，是倒退的，是違反社會發展的；王莽的土地王有政策，閉塞了生產力發展的道路，阻礙了社會經濟的發展，非但無法緩和當時的社會危機，反而加深了這種危機。他的改革一無是處，反而成爲農民起義的導火線。

王莽的對外戰爭是侵略性而且是無理取鬧的；是非正義的，其目的在於侵略和奴役別的國家，奴役別國人民。又論王莽者，或說他因改良主義的失敗，企圖以對外的擴張提高威望，並從而轉移人民的視線。或說王莽想打通國際貿易的道路，以便替國內游資找到一條出路。這樣的說法，都是不妥當的。前者之說，在時間上不符合，因王莽的侵略匈奴，與他下令改「王田」、定「六筦」，是差不多同時的。後者之說，則純屬臆測。

李鼎芳又謂論王莽者往往從王莽所定的制度來看，從他假裝「聖人」的虛僞行爲來看，也即是從表面上來看，因而對他估價過高。殊不知王莽披上《周禮》的外衣，利用儒家經說和荒唐無稽的符命取得政權。他所行的一切對內對外政策，唯一的目的是剝削和搜括，鞏固他的統治，使人民加深了痛苦。他一意孤行，想竭力阻止社會的發展，把社會拉向後退。他想取消歷史的規律，強迫歷史服從自己的意志。他要埋葬歷史，但他卻終於被歷史埋葬了。

以上諸家之論王莽皆有參考的價值，正面評價者認爲，王莽處於社會危機十分嚴

重的前漢末年，他面對現實，勇於改革，不愧是一位有遠見卓識魄力的地主階級政治家，可與古羅馬格拉古兄弟的改革事業相媲美。負面評價者認爲，王莽奸詐虛僞，靠玩弄權術而篡位，而他即位後的一切改革措施，又都是復古倒退的荒謬行爲，他是一個不折不扣的反動人物。這兩種意見相去甚遠，很難調和，這個問題顯然還值得繼續進行深入的探討。

後記

二十世紀初，義大利史學家克羅齊（Croce）曾言：「一切歷史都是『當代史』（contemporary history）」。的確，一個史學家往往有意或無意地，將當代的思想理念、問題、事物等等，寓藏於作品之中。亦即由歷史作品中，多少可以窺知作者時代的一些思想理念、問題、事物等等。任何一個歷史判斷的背後，皆具有「當代史」的性格。然則，就因爲具有「當代史」的性格，故一件史實之記述、評價，常無法達到百分之百的客觀；甚至無法達到極近客觀。

同理，因爲班固《漢書》之偏頗記載，使得我們對於王莽，無法有一個較客觀的認識。後漢因推翻王莽政權而建立，基本上，後漢政權對王莽是敵視的。在帝王淫威之下，班固只得將王莽的長處一概打殺，目之爲虛僞邪佞，以權詐待人。又把王莽的取得帝位，歸之於天時，並不是王莽有任何才幹。且認爲王莽的提倡儒術，與秦始皇的焚書坑儒同出一轍，都是儒家的罪人。

後漢以後的史家，大都承襲班固這種論調。甚且更變本加厲，尤以王夫之《讀通鑑論》，直以為王莽乃一虛偽、「姦而愚」之人。漸至使王莽成為不可饒恕的歷史罪人。

除了班固的誤導之外，讀者之刻薄批判，亦使王莽跳入黃河也洗不清。例如《漢書·王莽傳》載：

翟義黨王孫慶捕得，莽使太醫、尚方與巧屠共刳剝之，度量五藏，以竹筳導其脈，知所始終，云可以治病。

後人則把它解釋為「王莽對王孫慶進行了極其殘酷的殺戮，他們把小竹枝通到王孫慶的經脈中去，搞清了血管的來龍去脈。」解剖死因的屍體，以利醫學研究，造福人類，豈可謂之殘酷？如果，王莽將王孫慶活生生、慢慢地弄死，才是殘酷的。其實，一個人如果被解剖，大概也活不了多久；王莽大概不會笨到連這點都不知道，又何必虐待王孫慶，以獲得短暫的快感呢？果眞如此，王莽豈不心理變態？又班固並沒有說王莽凌遲王孫慶，讀者何必以「殘酷」二字，加罪於王莽呢？

我們若要評論王莽，應當從他所處的時代、環境著手，其次論他的行為動機，再論他改制的績效。

王莽所處的時代，正是儒學興盛的時代，是以個人修身方面，王莽以周公爲學習對象，甚至有超越的意思。而「內聖外王」，則爲其夢寐以求之最高境界。儒家對個人行爲的要求：孝親敬長、友愛兄弟、勤學、儉樸、廉潔、推恩施財等等，王莽樣樣都做得很成功。他克己勤學，待人謙恭，是個典型的讀書人。

然而，由於他的懿行太多了，加上他後來的代漢，因此在封建時代的忠奸觀念作祟下，有些人開始懷疑他的行爲，是否眞是「誠於中，形於外」。有人以爲他行類暴秦，有人則認爲他虛僞邪佞，更有人認爲他是一個「姦而愚」、「愚而詐」的人。

其實王莽處於一個儒家僞風盛行的時代，縱使其行有所僞，這也是歷史環境所造成的。而一個人有心向善，總值得鼓勵的，我們實在不可以酸葡萄的心態，動輒以「虛僞」諷刺他人的懿行。否則孔子之祖正考父，「一命而僂，再命而傴，三命而俯，循牆而走」，豈不是僞之極致？

又儒家本有「民主」思想，加以當時「禪讓」思想盛行，王莽之代漢，似亦當時「儒士政府」理想的實現。而歷代帝王之逐鹿皇位，其手段之陰險、殘忍，有十百倍於王莽者。我們似不必陷於封建之忠、奸、善、惡窠臼，而一味地誣衊王莽。

王莽本身是一個好學成癖的讀書人，而對於讀書人，王莽有強烈的認同感，故多關心照顧學子，爲學子廣建房舍萬區，這是中國太學有固定校舍的開始，而其規模也是一流的。爲後世校舍的建築，樹立了優良的典範。

又王莽少年孤貧，困窘的環境除激勵他必須努力向上、揚眉吐氣、榮耀寡母外，也使他深刻體會到貧弱者的無奈，惻隱之心由然而生，所以後來他在長安爲貧民建築住宅二百所，這是我國最早、規模最大的國民住宅。又首創國家放款事業，以現金貸與百姓，除祭祀、喪葬可向政府貸款外，又有創業貸款，不限年齡，其適用範圍比現今之青年創業貸款更廣。尤其可貴者，祭祀、喪葬貸款不取息；創業貸款只取淨利的十分之一，且一年才繳納一次，比當時通行的十二利率輕了許多。而奴婢政策的制定，更是其惻隱之心發揮的極致，亦是儒家「天地之性人爲貴」的理論實踐。

王莽處於前漢盛極而衰之際，表面上一片昇平景象，實際則政治上泄泄沓沓，社會上階級對立，經濟上貧富懸殊。各方要求改革，日益迫切，王莽正逢其時。他以爲一切問題之產生，主要癥結爲社會貧富的矛盾。儒家向來主張「不患寡，而患不均」，因此財富不均乃成爲最需迫切解決的問題。

爲達到「均富」的目標，王莽由古籍中所得到的經驗，以爲「周制」乃解決一切問題的萬靈丹。因此，施政方面，無不以周制爲最高指導原則。恢復周制，乃其改良主義的主要手段，亦即以「復古」來「改革」時弊。又由於王莽的個性具有「大」的特質，所以他的改革，不以局部的、片面的、消極的爲滿足，而是必須全盤的、根本的、積極的改革。其氣魄之大、理論之高、規模之廣，可謂前無古人，後無來者。

又財富之所以不均，主要乃因爲地權之不均。故王莽首先將土地收歸國有，名曰「王田」。有人說所謂「王田」，就是說「普天之下，莫非王土」，所有土地都是他的了。其實王莽並沒有此私心，因爲他既已家天下，又何必執著於土地是誰的？而他若眞有此私心，又何必將土地再重新分配呢？

當時的權貴、富豪、地主等豪強階級，擁有廣大土地，他們無情地剝削貧農，役使貧弱，造成社會之矛盾不安。王莽先以恢復「井田」，來打擊豪強階級，再繼以工商管制來抑富右貧，故「六筦」政策，實寓有打擊豪強階級、保護貧弱的雙重意義。

當時的豪強階級，個個錢財萬貫，富可敵國，渠等之所以作威作福，主要由於有錢；若能將幣制通盤改革，也不失爲打擊豪強的有效辦法。因此王莽乃實施眾幣制，希望能達到古代行眾幣而民樂的境界。

王莽的「王田」制度、「六筦」政策，以及貨幣改革，無一不以打擊豪強階級爲目標，無一不以保護貧弱爲宗旨。此三者，皆爲王莽達成「均富」的手段。

依據儒家的理念，王莽又加意於官制的改革，以求吏治循良，官愛民，民敬官。恢復封建，則爲重建政治倫理。又治國首重人才，爲培育人才，乃擴充太學，及地方上無論郡、縣、鄉、聚皆令設學校；郡國曰「學」，縣、道、邑、侯國曰「校」，鄉曰「庠」，聚曰「序」。希望人才全由學校教育培養出來，以保證人才的品質。又一國風俗之良窳與否，決定一國之國運，因此致力於興教化。又經營四夷，也是在周制的指導之下進行的。

綜觀王莽之改制措施，無一不與其所處的時代、所受的教育，息息相關。其文化政策，廣設學校，普及教育，其希冀國家教育，在中央的指導之下，加以普及；而在全國普及的基礎上來提升教育水準，誠有卓識。而其廣蒐古籍，支持古文經，興教化，原則上是不錯的。但其更改官制，完全仿照唐虞三代舊制，慕古而不切實際，且再三反覆；一郡竟五次易名，最後仍復其舊；誠食古不化，徒滋扮擾。

「王田」、「六筦」、貨幣改革雖針對時弊而發，但復古味道甚濃。其思想觀念牢牢地爲周制所囿，以爲周制放諸四海，必然皆準。然而，經過實踐證明，周制確已不合時宜。又每一新政策之推動，事前皆無宣導，且於施行時，方案、步驟皆不明顯。

非但百姓無所適從，豪強階級爲保護既得利益，更是群起抗拒，最後訴諸暴力。又下吏的執行偏差，官吏各因官職爲姦，受取賄賂，以自供給，亦使王莽的德政變爲暴政，最後弄得金融大亂，農商俱廢，百姓涕泣於市道，富者不能自保，貧者不能自存，終至亡國。王莽之斷然改革，實有心爲民造福，亦頗具氣魄；惟不瞭解農業社會欲「靜」不欲「動」的特性，一動不如一靜，突變不如緩變。

王莽的奴婢政策，亦因利益集團之杯葛，以及某些奴婢之安於現狀，而告失敗。對四夷的戰爭，也不光榮地草草收場。王莽改制之失敗，部分原因，由於他只是一個「乖學生」，而不是一個「好學生」。部分原因，則由於歷史條件的限制。

然而，吾人誠不可以成敗論英雄，王莽震撼鬼神的改革氣魄，給我們的印象是深刻的，而其改革的動機則是偉大的。王莽之普及教育，重視廣大民眾受教育的權利，爲學者建築校舍寓所，關心他們的生活起居，實大異於秦始皇之燔書坑儒、禁偶語。王莽的五均政策，乃在維持一定的物價水準，以使生產者、消費者同蒙其利，並防止商賈之囤積居奇，這與漢武帝只爲贏利的平準事業是大異其趣的。而賒貸事業，更給了貧弱階級不少的方便。

王莽的奴婢政策，更闡述了「人類生而平等」的眞義，而其動機之純潔無瑕，則遠勝美國林肯總統！一八六一年，美國南北戰爭之初，林肯曾公開宣稱「戰爭之目的在維護聯邦，蓄奴或不蓄奴非所問也」。後爲削弱敵方力量，乃宣布解放黑奴，故林肯之動機，非爲黑奴而戰，而是，藉「解放黑奴」爲其政治作戰的口號，達成其戰勝敵人之目標。

王莽雖敗，但其悲天憫人的偉大心靈，誠不應被埋沒。如果說林肯之「解放黑奴」是偉大的，那麼，我們對於王莽之「奴婢政策」又何必吝予掌聲呢？

「周公恐懼流言日，王莽謙恭下士時，假使當年身便死，一生眞僞有誰知？」知王莽者，其白居易乎？

附錄——年表

年號	西元	年齡	事蹟
西漢元帝初元四年	前四五年	一歲	王莽出生，字巨君。
西漢永始元年	前一六年	三十歲	王莽被封爲新都侯，
西漢綏和元年	前八年	三十八歲	王莽任大司馬輔政。
西漢哀帝元壽二年	前一年	四十五歲	王莽執政。
西漢平帝元始元年	一年	四十六歲	王莽稱「安漢公」。
西漢平帝元始五年	五年	五十歲	王莽殺漢平帝，自己攝政。
西漢子嬰居攝元年	六年	五十一歲	王莽立孺子嬰，自稱「假皇帝」。宗室劉崇叛變，率衆攻入宛城，旋即敗死。
西漢子嬰居攝二年	七年	五十二歲	王莽改鑄錢貨。東郡太守翟義叛變，聚衆十萬，次

			年始平。
新朝王莽始建國元年	九年	五十四歲	王莽改制，禁止買賣田地、奴婢。
新朝王莽始建國二年	一〇年	五十五歲	王莽全面發動對匈奴的戰爭。頒設「六筦」之制，管制鹽、鐵、酒、名山大澤、五均賒貸、鐵布銅冶。
新朝王莽始建國三年	一一年	五十六歲	黃河決口，河道改由利津入海。
新朝王莽始建國四年	一二年	五十七歲	王莽取消改制，許可買賣田地、奴婢。
新朝王莽始建國五年	一三年	五十八歲	西域跟中國交通中斷。
新朝王莽天鳳四年	一七年	六十二歲	新市人王匡、王鳳率綠林兵起義。
新朝王莽天鳳五年	一八年	六十三歲	赤眉起義。
新朝王莽地皇元年	二〇年	六十五歲	各地農民起義反莽。
淮陽王更始元年	二三年	六十八歲	「昆陽之戰」，劉秀於昆陽打敗王莽。綠林兵攻進長安，長安人民響

應，王莽被殺，新朝覆滅。新市、平林諸將擁立漢宗室劉玄爲帝，年號更始。

多少君臣將相，在太平與戰亂、興盛與衰亡中創造歷史，留下不朽的功業和萬世的罵名。他們毀譽參半，褒貶不一，是可敬可愛、也是可憎可厭的爭議人物。

三十功名塵與土
一將功成萬骨枯

多少君臣將相，或開創帝業，或權傾朝野，或擁兵率軍，或擘畫改革；在太平與戰亂、興盛與衰亡中創造歷史，忠奸成敗，功過是非，留下不朽的功業和萬世的罵名。他們毀譽參半，褒貶不一，在謳歌讚揚與羞辱唾棄中擺盪，是可敬可愛，也是可憎可厭的爭議人物。

本系列的每本書以兩大部分呈現，第一部分為人物傳記，第二部分為是非爭議之處，針對爭議的主題來論述；因而不僅僅是人物傳記，它也是一部心理分析叢書，巨細靡遺地分析十二位在歷史上備受爭議人物的愛恨情仇及人格上的優缺點，希冀以歷史事實的敘述，加以探討，從中得到啟發。也讓我們逆向思考、反觀過去所讀的歷史，重新定義、評斷這些歷史人物的所作所為。

從前 3

狡詐權臣：王莽

作　　者　張壽仁
總 編 輯　初安民
叢書主編　鄭嫦娥
美術設計　莊士展

發 行 人　張書銘
出　　版　INK印刻文學生活雜誌出版有限公司
台北縣中和市中正路800號13樓之3
電話：02-22281626
傳真：02-22281598
e-mail：ink.book@msa.hinet.net
網　　址　舒讀網http：//www.sudu.cc

法律顧問　漢廷法律事務所
劉大正律師
總 代 理　展智文化事業股份有限公司
電話：02-22533362・22535856
傳真：02-22518350
郵政劃撥　19000691 成陽出版股份有限公司
印　　刷　海王印刷事業股份有限公司

出版日期　2009年 2月 初版
ISBN　978-986-6631-43-6

定價　230元

國家圖書館出版品預行編目資料

狡詐權臣：王莽 / 張壽仁著.
－－初版.－－台北縣中和市：INK印刻文學,
2009.02 面； 公分.--（從前；3）
ISBN 978-986-6631-43-6（平裝）
1.（漢）王莽 2.傳記
622.19　98000712

INK INK INK INK INK INK
K INK INK INK INK INK IN
INK INK INK INK INK INK
K INK INK INK INK INK IN
INK INK INK INK INK INK
K INK INK INK INK INK IN
INK INK INK INK INK INK
K INK INK INK INK INK IN
INK INK INK INK INK INK
K INK INK INK INK INK IN
INK INK INK INK INK INK
K INK INK INK INK INK IN
INK INK INK INK INK INK
K INK INK INK INK INK IN
INK INK INK INK INK INK
K INK INK INK INK INK IN
INK INK INK INK INK INK
K INK INK INK INK INK IN
INK INK INK INK INK INK
K INK INK INK INK INK IN
INK INK INK INK INK INK
K INK INK INK INK INK IN
INK INK INK INK INK INK

INK INK INK INK INK INK
INK INK INK INK INK IN
NK INK INK INK INK INK
INK INK INK INK INK IN
NK INK INK INK INK INK
INK INK INK INK INK IN
NK INK INK INK INK INK
INK INK INK INK INK IN
NK INK INK INK INK INK
INK INK INK INK INK IN
NK INK INK INK INK INK
INK INK INK INK INK IN
NK INK INK INK INK INK
INK INK INK INK INK IN
NK INK INK INK INK INK
INK INK INK INK INK IN
NK INK INK INK INK INK
INK INK INK INK INK IN
NK INK INK INK INK INK
INK INK INK INK INK IN
NK INK INK INK INK INK
INK INK INK INK INK IN
NK INK INK INK INK INK
INK INK INK INK INK IN